내가 사랑했던 모든 너에게

BOKUGA AISITA SUBETE NO KIMI HE

ⓒ 2016 Yomoji Otono

This book is published by arrangement with Hayakawa Publishing Corporation

내가 사랑했던 모든 너에게

shimano 일러스트
김현화 옮김
오토노 요모지 지음

1. 외래어는 국립국어원의 외래어 표기법을 따랐으나
   일반적으로 통용되는 경우에는 관용에 따라 표기했습니다.
2. 본문의 각주는 옮긴이 주입니다.

차례

서장 또는 종장   009

제1장   유년기   027

막간   067

제2장   소년기   073

막간   132

제3장   청년기   143

막간   201

제4장   장년기   209

막간   261

종장 또는 서장   271

서장 또는 종장

＊

재택 임종이라는 말을 알게 된 것은 아주 최근의 일이다.

암에 걸려 여생이 얼마 남지 않은 환자가 병원의 치료나 호스피스의 돌봄을 거부하고 익숙한 자신의 집에서 가족들에게 둘러싸여 마지막 시간을 보낸다. 그 선택지가 같이 살던 아들 내외의 입에서 나왔다는 사실에 나는 행복했다.

아들 부부나 손녀에게 폐를 끼치고 싶지는 않았지만, 그보다 모두들 나와 마지막 순간까지 함께 지내고 싶어 한다고 생각되어 기뻤다.

항암제는 사용하지 않을 것, 연명치료도 받지 않을 것이라는 두 가지 조건하에 나는 재택 임종을 선택했다.

일흔셋. 어쩌면 죽기에는 아직 조금 이를지도 모르지만,

신기하게도 두려움이나 불만은 없었다. 큼직한 집에서 사랑하는 아내, 믿음직한 아들과 상냥한 며느리, 귀여운 손녀에게 둘러싸여 보내는 노후. 설령 내일, 괴로움 속에서 심장이 고동을 멈춘다 하더라도 곁에 가족이 있어준다면 웃으며 세상을 떠날 수 있을 것이다. 행복한 인생이었다.

다만 나는 지금부터 사흘 동안만큼은 절대로 죽을 수가 없다.

왼쪽 손목에 감긴 웨어러블 단말기에 사흘 후의 날짜를 음성으로 입력하자 캘린더 기능에 기록된 '8월 17일, 오전 10시, 쇼와 거리 교차로, 레오타드 소녀'라는 스케줄이 불려나왔다.

쇼와 거리 교차로는 우리 집에서 걸어서 20분 거리에 있는, 이 동네에서 제일 큰 교차로다. 레오타드 소녀라는 것은 그 옆에 세워진 동상 이름이다.

사흘 후 오전 10시 쇼와 거리 교차로, 레오타드 소녀.

아무리 생각해봐도 짚이는 구석이 없었다.

내가 사용하는 단말기는 월말이 되면 다음 달에 입력된 스케줄을 자동으로 알려준다. 그 기능 덕에 스케줄을 알게 되었지만, 과연 이건 누구와 한 약속일까. 나는 언제 이 약속을 입력한 걸까…… 아무리 생각해봐도 기억이 나지 않았다.

그렇다면 나 말고 다른 누군가가 내 단말기에 몰래 스케줄을 입력한 걸까?

단말기는 목소리 인증을 하기 때문에 타인은 조작할 수 없을 테지만, 무슨 일에든 숨겨진 테크닉이라는 게 있다. 그래서 가족들에게 물어봤지만 아무도 짚이는 구석이 없다고 했다. 손녀는 "할아버지가 입력해놓고 잊어버린 거 아니야?"라고 얄미운 소리를 했다. 솔직히 그렇게까지 늙었다고는 생각하고 싶지 않았다.

하지만 가족이 나에게 이런 거짓말을 할 이유 또한 생각나지 않는다. 최근에는 어쩌면 정말로 내가 입력해놓고 잊어버렸을지도 모른다고 생각하기 시작했다.

뭐어, 누가 입력했든 상관없다.

사흘 후 오전 10시. 쇼와 거리 교차로에 가보면 알게 되겠지. 그곳에서 누가 기다리고 있을지, 그것은 지금 내가 제일 기대하는 일이었다.

그러므로 나는 앞으로 사흘간은 절대로 죽을 수가 없다.

머리맡의 불을 끄고 슬슬 자려고 침대에 몸을 파묻었다. 잠에서 깨면 앞으로 남은 시간은 이틀. 다행히도 요즘 들어 몸 상태가 상당히 양호해서 이틀 후에 잠시 외출하는 정도라면 아무 문제도 없으리라고 낙관하고 있었다. 교차로까지 나들이를 나가는 것은 오랜만이다. 나이답지 않게 들뜨면서 좋은 꿈을 꿀 것 같다는 생각을 하며 눈을 감았다.

하지만 노크 소리에 바로 눈을 뜨게 되었다.

"들어오렴. 문 열려 있어."

몸을 일으키지 않은 채 전등만 켜서 방문자를 들였다. 머뭇거리며 얼굴을 내민 것은 초등학교 5학년인 손녀, 아이(あい)였다.

"할아버지, 자고 있었어?"

"슬슬 잘까 싶었지. 괜찮아."

"몸은 어때?"

"나쁘진 않아."

"잠시 이야기할 수 있어?"

"물론이지. 들어오렴."

뒷짐을 지고 문을 조용히 닫은 아이는 뭘 그리 망설이는지 좀처럼 용건을 꺼내지 못했다. 아무래도 상태가 수상쩍었다. 평소 아이는 이렇게 얌전한 성격이 아니라, 하고 싶은 말이라면 똑 부러지게 하는 타입이었다. 무슨 일이 있었던 걸까?

"왜 그러니? 뭐든지 말해보렴."

몸을 일으켜서 되도록 자상하게 말을 걸었다.

설령 가족일지라도 아무래도 동성에게는 엄격하고 이성에게는 부드러워지기 마련인지 손녀는 엄격한 할머니보다 자상한 할아버지 쪽을 따랐다. 물론 할머니도 아이를 몹시 사랑하고 있고, 그런 할머니가 엄하게 매를 들어주기에 나는 마음 놓고 사탕을 줄 수 있는 것이다.

아이는 고개를 숙인 채 가까이 다가와서 내 품에 얼굴을 파묻고 조용히 울기 시작했다.

생각해보니 평소엔 하교하면 제일 먼저 내 방에 와서 다녀왔다고 말해주던 아이가 오늘은 오지 않았다. 학교에서 무슨 말썽이라도 있었던 걸까. 하지만 나는 억지로 물어보지 않고 아이의 머리를 가만히 쓰다듬었다.

잠시 울고 있던 아이는 훌쩍이면서 조금씩 입을 열었다.

띄엄띄엄 하는 말을 미루어 짐작해보니 아무래도 그렇게 걱정스러운 일은 아니라는 사실을 알 수 있었다.

요컨대 아이는 오늘 같은 반 남학생에게 고백했다가 차였던 것이다.

초등학생에게는 아직 조금 이른 감도 있지만, 물론 그 눈물을 무시할 마음은 없었다. 하지만 귀여운 손녀가 눈물을 흘린 이유가 그런 거라서 다행이라고 생각했다.

"고백…… 안 할 걸 그랬어……!"

내가 보기엔 귀여운 이유일지라도 본인은 지금 세상 누구보다도 진지하게 슬퍼하고 있다. 그렇다면 조금이라도 그 슬픔을 위로해야겠다 싶어서 아이의 등을 토닥토닥 두드려주었다.

"아이, IP를 보여주렴."

나는 아이의 손을 잡고 손목에 감긴 웨어러블 단말기를 가리켰다. 아이는 새빨갛게 부은 눈으로 의아한 듯이 나를 쳐다보고 단말기를 조작했다.

홀로그램으로 확대된 모니터에는 IEPP라는 글자 아래에 여섯 자리의 디지털 숫자가 표시되어 있었다. 정수가 세 자리, 점을 사이에 두고 소수가 세 자리 있었다. 소수 세 자리는 눈으로 쫓을 수 없는 속도로 어지럽게 변해갔지만, 정수 세 자리는 또렷한 숫자를 표시하고 있었다. 때마침 숫자가 000이었다.

아이는 초등학교 5학년이다. 그렇다면 기본적인 것은 이미 배웠을 테다.

"아이. 아이는 조금 전에 고백 안 할 걸 그랬다고 했지만 할아버지는 그렇게 생각하지 않아. 아이가 용기를 내 고백해서 정말 다행이라고 생각해."

"왜?"

"평행세계에 대해선 학교에서 이미 배웠지?"

"응."

"아이는 말이지, 고백을 함으로써 다른 세계의 가능성을 낳았단다. 0의 세계에서 아이는 차였지만, 다른 세계에서는 좋아하는 사람이랑 분명 맺어졌을 거야."

"……다른 세계의 내가 맺어졌더라도 이 세계의 내가 차이면 아무 소용도 없잖아."

"그렇지 않아. 어떤 세계의 아이도 같은 아이야. 아이는 2나 3의 세계로 이동한 적 있지?"

"몇 번인가 있어."

"그 세계에 있던 할아버지는 미웠어?"

"안 그랬어!"

"고마워. 할아버지도 다른 세계에서 온 아이도 마찬가지로 좋아한단다."

"응……."

"평행세계는 이 세계에서는 실현되지 못한 가능성의 세계야. 그러니 아이의 용기는 반드시 어딘가의 세계에서 보답받고 있을 거야. 다른 세계에서 맺어진 아이도 같은 아이야. 그건 아이의 고백이 쓸모없는 게 아니라는 뜻이지."

"……이해 못하겠어."

역시 아직 초등학교 5학년에게는 일렀던 걸까. 그렇지 않아도 평행세계에 대한 생각은 사람마다 다르다. 나도 젊었을 적에는 그 화제로 무척이나 고민한 적이 있다. 다만, 잘 모르겠다며 입술을 삐로통하니 내민 귀여운 손녀는 더 이상 울지 않았다. 다른 생각을 하게 해서 슬픔을 달래다니 정말이지 어른이나 쓸 법한 고지식한 방법 같지만 말이다.

"그럼 아이도 이해할 수 있는 이야기를 해볼까. 아이는 차였지만, 그 덕분에 다음엔 온 세상의 누구와도 맺어질 수 있는 가능성을 손에 넣었단다. 아이는 분명 더 멋진 남자아이를 만날 거야. 그렇게 해서 다시 사랑을 시작하는 거지."

"더 멋지다니, 얼마나?"

"글쎄…… 할아버지 정도?"

"안 돼! 더 젊은 사람이 좋아."

손녀에게 차였다. 은근히 충격이었다.

하지만 우선 기운은 차린 것 같았다. 회복이 빠른 건 젊기 때문일까. 그렇지만 혼자 남게 되면 다시 울어버리려나.

방을 나가는 아이를 배웅한 후 다시 침대에 몸을 파묻고 방의 불을 껐다. 내일을 맞이하기 위해 눈을 감았다.

어쩌면 앞으로 아이는 아침에 눈을 떴다가 오늘의 고백

이 이루어진 평행세계로 이동해서 한때의 행복에 얼떨떨
해할 때가 올지도 모른다. 그렇게 되면 원래 세계로 돌아가
고 싶지 않다고 생각할지도 모르고, 오히려 그때 맺어지지
않아서 다행이라고 생각할지도 모른다.

나는 그때, 0의 세계의 아이를 대신해서 그 세계에서 찾
아온 아이에게 물어보자.

그쪽 세계의 나는 고백에 성공한 너를 어떤 말로 축복해
주었는지 말이다.

분명 그것은 지금 내가 상상하는 말과 크게 다르지는 않
을 것이다.

○

당일에는 공교롭게도 아침부터 몸 상태가 썩 좋지 않았다.

하지만 가족에게는 그 사실을 숨기고 약과 지갑만 챙겨
서 집을 나섰다.

"잠시 나갔다 올게."

"응. 조심해서 다녀와."

역시 오랜 세월을 함께한 만큼 아내에게는 들킨 것 같은
느낌이 들었다. 하지만 이 또한 오랜 세월을 함께 살아왔기

때문인지 아무것도 묻지 않고 보내주었다.

8월 17일, 오전 9시 반. 쇼와 거리 교차로로 향했다.

더 이상 걷기는 어려워졌기 때문에 늘 신세를 지는 전동 휠체어에 앉았다. 마음만 먹는다면 시속 10킬로미터 이상도 거뜬히 낼 수 있지만, 이제 와서 새삼스레 서두를 필요는 없었다. 옛날에는 내 다리로 활보했던 거리를 바라보며 시속 4킬로미터로 천천히 나아갔다.

어째서인지 묘하게 젊은 시절이 떠올랐다. 옛날에는 저런 건물은 없었지, 그 오브제는 언제 철거된 걸까, 이 가게는 어째서 망하지 않는 걸까…… 동네 구석구석의 추억을 되새기며 그 광경을 눈에 각인시켰다. 분명 이렇게 외출할 일은 더 이상 없을 테니 말이다.

그런데 너무 꾸물댔나 보다. 10분 전에는 도착할 생각이었는데 시계를 보니 벌써 10시가 되어 있었다.

쇼와 거리 교차로. 이 지방 도시의 중심지를 사등분하는 가장 큰 교차로다.

당연히 교통량도 많아서 보행자 신호와 차량 신호가 분리되어 있다. 옛날에는 모든 도로를 건널 수 있는 거대한 육교가 있었던 것 같지만 다리의 기둥 탓에 앞을 훤히 내다보기 힘들어서 위험하다는 이유로 철거했다고 한다. 오래된 사진에서 본 그 육교를 나는 무척 좋아했다. 그곳에서 나는 자주 멈춰 서서 위를 올려다보고 육교를 건너가는 내 모습을 상상했다.

그런 마음이 담긴 교차로였지만.

도착해서도 역시 약속에 대해서는 전혀 생각나지 않았다.

오늘 오전 10시. 쇼와 거리 교차로. 어느새 내 단말기에 입력되어 있던 의문의 스케줄. 어쩌면 자신이 입력하고 잊어버렸을지도 모른다. 그렇다면 실제로 그때가 되면 떠오르지 않을까 하고 얕은 기대감을 안고 있었지만…… 소용없었나 보다.

교차로 남서쪽 모퉁이 옆, 공원이라고 부를 만큼 넓지도 않은 일대에 아담한 나무가 심겨 있고, 그곳에 레오타드 소녀가 있었다. 수줍게 손으로 가슴을 가린 육감적인 소녀의 동상으로 내가 태어났을 적부터 쭉 있었던 것이다. 익숙하긴 하지만 모델이 누구인지, 어떤 의미가 있어서 이곳에 세워졌는지 등은 전혀 몰랐다.

약속 장소는 이곳일 테지만 신호를 기다리는 사람 말고 나를 기다리는 듯한 사람은 보이지 않았다. 휠체어를 멈추고 멍하니 동상을 올려다보고 있자니 왠지 갑자기 이목이 신경 쓰여서 다급히 시선을 돌렸다.

어느새 보행자 신호가 파란색으로 바뀌고 신호를 기다리던 사람들도 이제 그곳에 없었다. 대신 횡단보도 건너편에서 많은 사람들이 이쪽을 향해 걸어왔다. 지방 도시라 텔레비전에서 보는 도회지의 교차로에 비하면 사람이 훨씬 적었다.

아무 생각 없이 사람들이 횡단보도를 건너는 모습을 바라보았다.

모두가 거의 다 건넜는데도 신호는 아직 깜박이지 않았다. 보행자 신호로 더디게 바뀌는 만큼 보행자가 길을 건너는 시간도 길었다.

그런 와중에 단 한 사람, 횡단보도에 우두커니 서 있는 여자가 있었다.

몇 걸음만 더 걸으면 다 건널 수 있는 위치에 있으면서도, 이쪽으로 오지도 않고 저쪽으로 달려가지도 않은 채 단지 그 자리에 서 있었다.

아무리 보행자가 건너는 시간이 길다고 해도 그런 곳에 계속 서 있으면 위험했다. 나는 휠체어를 움직여 횡단보도로 다가가 그 아이에게 말을 걸었다.

"안녕? 그런 곳에서 뭐하니? 위험하단다."

내 말에 여자아이가 돌아보았다. 중학생쯤 되었을까. 하얀 원피스를 입은, 길게 뻗은 생머리가 아름다운 예쁘장한 아이였다.

그 아이는 나를 보더니 고개를 조금 갸웃거리고 천진난만한 목소리로 말했다.

"데리러 와준 거야?"

데리러 왔다고 하기엔 조금 거창하지만, 그런 셈이기는 했다. 그러고 있는 동안 신호가 깜박이기 시작했기 때문에 그 아이의 장단에 맞춰 말을 이어나갔다.

"그래. 데리러 왔단다. 그러니 이리 오렴, 같이 가자."

그렇게 말하고 손을 뻗자 소녀는 기쁜 듯 미소 지었다.

그리고 그 자리에서 사라져버렸다.

손을 뻗은 채 나는 굳어졌다.

이윽고 신호가 바뀌고 차가 눈앞을 달리기 시작했기 때문에 우선 휠체어를 뒤로 돌려서 동상 앞까지 돌아왔다. 다시 횡단보도를 쳐다봤지만 역시 어디에도 소녀의 모습은 없었다.

눈앞에 있던 소녀가 갑자기 사라졌다. 비슷한 경험을 한 적은 있지만, 오랜만이다 보니 한순간 머릿속이 새하얘지고 말았다.

요컨대 나는 지금 패러렐 시프트했다. 평행세계로 건너

간 것이겠지.

패러렐 시프트란 어딘가 같은 시간의 평행세계에 있는 자신과 의식만 바뀌는 현상이다. 장소가 변하지 않았다는 건 이 세계의 나도 똑같은 장소에 있었다는 뜻이다. 그렇다면 원래 세계와 비교적 가까운 세계일 텐데, 소녀가 사라졌다는 건 1~2 범위 정도 이웃한 세계는 아니다. 아마도 10 정도는 시프트하지 않았을까. 이렇게 건너간 것은 오랜만이었다. 그렇다면 최악의 가능성으로 0의 세계에서는 소녀가 그대로 차에 치였을지도 모른다.

아니, 그러고 보니 오늘은 아직 IP를 확인하지 않았다. 그렇다는 말은 아침에 일어났을 시점에 이미 나는 어딘가의 다른 세계에 있었고, 지금 0의 세계로 돌아왔을 가능성도 있다.

IP를 확인하기 위해서 손목에 찬 단말기에서 음성조작으로 IEPP 화면을 불러내 여섯 자리의 디지털 숫자를 켰다. 이 수치가 0이라면 이곳은 0의 세계지만—.

하지만 화면에는 숫자가 아니라 ERROR라고 표시되어 있었다.

"망가졌나……?"

무슨 일이지. 이래서는 내가 지금 어느 세계에 있는지

알 수 없는데.

　만약 내가 지금 0의 세계에 있고 횡단보도에 소녀가 있었던 것이 어딘가의 평행세계라고 한다면 그건 이미 어쩔 수 없다. 하지만 반대로 만약 내가 지금 있는 곳이 다른 평행세계고 횡단보도에 소녀가 있던 곳이 0의 세계라면…… 몹시 걱정이 되었다. 0의 세계에 건너간 이 세계의 나는 그 아이를 제대로 구했으려나?

　어떻게든 지금 바로 이곳이 어느 세계인지를 확인할 방법은 없을까. 지나가는 사람에게 말을 걸려고 하다가 타인의 IP를 보더라도 아무 의미가 없다는 사실을 깨달았다. 관공서에 가면 대체 단말기를 구할 수 있지만, 몇 가지 심사가 필요해서 바로 받을 수 있을 리가 없었다.

　뭔가 방법이 없을까, 뭔가…… 하고 생각하던 중에.

　문득 생각났다. 자신이 지금 어느 세계에 있는지 모른다. 그러고 보니 예전에는 그게 당연하지 않았던가.

　한 과학자에 의해 평행세계의 존재가 증명되면서 사실 인간은 아무 자각 없이 일상적으로 평행세계를 이동하고 있다고 판명된 지 수십 년이 지났다. 지금은 초등학교에서도 가르칠 만큼 일반 상식이 되었지만, 옛날에는 평행세계라는 개념은 픽션 속에서만 존재했다. 그 무렵으로 돌아간 것뿐이지 않은가.

　그 시절. 평행세계라는 것은 너무나도 갑자기 내 앞에 나타났다.

　내가 처음으로 평행세계를 의식한 것은 막 열 살이 되던 해였다.

제
1
장

유년기

일곱 살의 나는 이혼이라는 말의 뜻을 이해하고 있어서 아빠와 엄마 중 누구와 함께 살고 싶은지 질문을 받았을 때도 딱히 동요하지 않고 답을 낼 수 있었다.

아빠는 자신의 분야에서 이름 높은 학자였고, 엄마는 자산가 집안의 딸이었다. 어느 쪽을 따라가더라도 금전적인 불편함은 없을 것 같았다. 그렇다면 나머지는 마음이 가는 대로 결정하면 되었기에 최종적으로 나는 엄마를 따라가기로 했다. 다만 이것은 내가 아빠보다 엄마를 좋아했기 때문이 아니라 아빠를 따라가면 아빠의 연구에 방해가 되지 않을까 싶어서였다.

이혼의 원인은 아빠와 엄마의 대화가 엇갈려서인 모양

이었다. 아빠는 연구소에서 묵는 일이 허다했고, 가끔 집에 돌아올 때면 엄마에게 연구 내용을 이야기했지만, 엄마는 전혀 이해하지 못했던 것 같다. 아빠는 '자신이 이해하고 있는 것은 상대도 이해하는 게 당연하다'라는 생각으로 대화하는 사람이었기 때문에 엄마와는 일상 대화조차도 엇갈릴 때가 많았다. 나는 혼자 고민하는 엄마의 뒷모습을 자주 봐야 했다.

그런 아빠였기에 나도 분명 곁에 없는 편이 낫겠다고 판단한 것이다. 아니, 솔직히 당시에는 그렇게까지 분명하게 생각하지는 않았지만 말이다.

재미있게도 아빠와 엄마의 관계는 이혼한 후가 더 양호했다. 한 번은 결혼해서 아이까지 낳았을 정도니 서로에게 애정은 확실히 있었던 모양인지 내가 어릴 적에는 최소한 한 달에 한 번, 부모님은 나를 통해 관계를 이어오고 있었다. 분명 그 정도 거리감이 두 사람에게는 딱 적당했던 걸 테다. 나는 화목한 모습의 부모님을 보며 기뻐했고, 내가 부모님이 원치 않았던 아이가 아니라는 사실에 안도했다.

어릴 적 기억 중에 특히 또렷하게 기억하고 있는 것은 부모님이 이혼하고 엄마의 친정에서 할아버지 할머니와 함께 산 지 몇 개월 후에 아빠가 에어컨을 사줬을 때의 일이다.

어느 휴일, 나는 엄마와 함께 공원에 갔다가 아빠를 만났다. 매일 함께하다가 한 달에 한 번밖에 만나지 못하게 되면 외롭지 않을까 싶었지만, 곰곰이 생각해보니 아빠가 하는 일은 근무 시간도 휴일도 불규칙해서 원래부터도 그렇게 얼굴을 자주 마주하지 못했다. 오히려 한 달에 한 번 가족끼리 외출하게 되었다고 생각해보면 반대로 함께 보내는 시간이 늘어난 걸지도 몰랐다.

"고요미."

한 달 만에 아빠가 내 이름을 불러주었다. 함께 살고 있을 적에는 얼마나 자주 이름을 불러줬을까? 잘 기억나지 않았다. 그런 생각이 들자 이름을 불러주는 것만으로 기쁨을 느낄 수 있는 관계가 그리 나쁘지만은 않을지도 몰랐다.

"갖고 싶은 거 없니?"

바로 얼마 전에 나는 생일을 맞이해서 여덟 살이 되었다. 그 선물을 말하는 걸 테다. 이혼 전에는 나한테 뭔가를 사주는 것은 늘 엄마의 역할이었기 때문에 아빠가 선물을 사준다는 사실만으로도 조금 기뻤다.

게다가 그때 나는 마침 갖고 싶은 물건이 있었다.

"에어컨이 갖고 싶어!"

"에어건?"

"응. 지금 학교에서 유행하고 있어."

"흠. 어디에서 팔고 있으려나."

어느 백화점 장난감 매장에서 살 수 있다는 사실을 나는 알고 있었다. 에어건을 가지고 있는 같은 반 친구가 그곳에서 샀다고 실컷 자랑을 했기 때문이다.

그길로 백화점 장난감 매장에 부모님을 데리고 갔고, 매장 한쪽 구석에 쌓여 있던 에어건을 발견했다. 총 종류에 대해선 전혀 몰랐지만, 어쨌거나 다들 가지고 있는 물건이 갖고 싶었다. 나는 망설이지 않고 하나를 빼서 아빠에게 내밀었다.

"이게 좋아!"

"의외로 저렴하네, 2천 엔도 안 하는 걸 보니. 좋았어, 그럼."

그러다 아빠가 말을 멈추었다.

무슨 일인가 해서 얼굴을 쳐다보자 아빠가 상자로 시선을 물끄러미 떨어뜨리고 있었다.

"대상 연령, 10세 이상인가."

맙소사.

당시의 나는 이제 막 여덟 살이 된 참이었다. 물론 에어건을 자랑한 같은 반 친구도 다들 여덟 살이거나 일곱 살이었지만, 자잘한 것은 신경 쓰지 않는 부모가 꽤 있었던 것 같다. 그리고 나는 자신의 아빠가 어떤 부모인지 잘 몰랐다. 참고로 엄마는 상당히 신경을 쓰는 타입이었다. 하지만 이번에는 아빠가 사주는 선물이니 엄마는 관계가 없지 않을까 싶었다. 그럴 리가 없을 텐데도 아이답게 그렇게 생각했다.

만약 아빠가 대상 연령을 이유로 '안 된다'라고 한다면 같은 반 친구들은 다들 가지고 있다는 것, 여덟 살이든 열 살이든 크게 다르지 않다는 것, 절대로 위험하게 사용하지 않겠다고 약속하는 것 등…… 다양한 말로 아빠를 설득시킬 참이었다.

하지만 그것은 모두 기우였다.

"뭐어, 여덟 살도 열 살이랑 크게 다를 건 없지."

속으로 승리의 V자를 그렸다. 아빠는 자잘한 것은 신경 쓰지 않는 타입이었나 보다.

아빠의 말을 듣고 역시 엄마는 인상을 살짝 찌푸렸지만, 아마도 막 이혼한 참이라서 마음 한구석으로 나한테 미안함을 느끼고 있었던 모양이다. 결국 대상 연령에 관해서 잔소리를 듣지 않고 나는 약간 고연령층을 대상으로 한 에어건을 감쪽같이 손에 넣었다.

다시 공원으로 돌아가서 곧바로 에어건을 가지고 잠시 놀았다. 얼마 지나지 않아 배가 고파서 식사를 함께하고 다시 한 달 후에 만날 약속을 한 다음 아빠와 헤어져 엄마와 둘이서 집으로 돌아왔다.

집에 도착하자 커다란 골든 리트리버가 장난을 걸었다.

"다녀왔어, 유노."

꼬리를 흔드는 유노의 귀 뒤편을 쓰다듬어줬다. 유노는 그렇게 해주는 것을 좋아했다.

유노는 내가 태어났을 때 할아버지가 기르기 시작한 개로 가끔 놀러 올 때면 늘 함께 놀았다. 지금은 매일 함께 있다. 외할아버지 댁에 살게 되어서 기뻤던 점이었다.

"이거 선물 받았어. 부럽지?"

유노에게 에어건을 보여주었다. 고개를 갸웃거리는 유노. 언젠가 텔레비전에서 봤던 빵 하면 죽은 척하는 재주를 유노도 부릴 수 있을까?

"유노한테 쏘면 안 돼."

내 생각이 전해졌는지 뒤에서 조금 날카로운 엄마의 목소리가 들렸다. 네에, 하고 얌전하게 대답했다. 사람한테 쏘면 안 된다는 소리를 돌아오는 길에 실컷 들은 후였다. 잔소리 참 많네, 나도 다 안다고 생각하며 들었다.

유노를 한참 쓰다듬어주고 나서 손을 씻고 집에 들어와 거실에 앉아 있던 할아버지에게 씩씩하게 인사를 했다.

"다녀왔습니다, 할아버지!"

"오오, 다녀왔니? 고요미, 재밌었니?"

할아버지가 온화한 웃음으로 나를 맞이해주었다. 말수는 적지만 늘 달콤한 사탕을 주는 자상한 할아버지였다.

"응. 할아버지, 사탕 줘."

"오늘은 이미 먹었잖아. 하루에 한 개씩이야."

다만 사탕을 절대로 하루에 하나밖에 주지 않는다는 점에서 치사하다고 생각했다. 나는 그 사탕을 아주 좋아하기 때문에 많이 먹고 싶은데 할아버지는 내 손이 닿지 않는 옷장 가장 위 서랍에 사탕을 넣어놓고 마음대로 꺼내 먹지 못하도록 했다.

사탕 하나라 해도 많이 먹는 건 좋지 않으니까, 하며 하루에 하나밖에 주지 않았다. 그 엄격함을 미처 깨닫지 못했던 나는 아빠가 사준 에어건을 아무 생각 없이 할아버지에게 자랑하고 말았다.

"됐어. 그것보다 할아버지, 이것 봐!"

"오오, 에어건이구나. 사내아이라면 역시 갖고 싶은 법이지. 할아버지도 어릴 적에……."

온화하게 미소 짓던 할아버지의 눈이 갑자기 날카로워졌다.

"고요미, 그거 잠시 보여주렴."

"응? 응⋯⋯."

심상치 않은 할아버지의 분위기에 에어건을 얌전히 상자째 건넸다.

그것을 받아든 할아버지는 박스 일부를 가리키며 엄격한 목소리로 말했다.

"연령 대상이 10세 이상이라고 돼 있잖니. 너한텐 아직 일러."

그렇게 말하고 할아버지는 일어나 방에서 나갔다. 그리고 그길로 내 에어건은 돌아오지 않았다. 나는 할아버지가 그것을 버렸다고 생각했다.

나는 큰 소리로 울고 그날부터 할아버지를 제일 미워하게 되었다. 할아버지가 나를 싫어한다고 믿어 의심치 않게 되었다. 그런 만큼 나를 위로해준 자상한 할머니를 따르게 되어 할아버지와는 그다지 말을 섞지 않게 되었다.

할아버지는 할아버지 나름대로 나를 좋아해줬다고 깨닫게 된 것은 그로부터 2년 뒤 할아버지가 돌아가신 다음이었다.

할아버지는 나에게 한 가지 수수께끼를 남기고 이 세상을 떠났다.

○

"고요미."

미닫이 건너편에서 할아버지가 내 이름을 부르는 소리가 들렸다.

에어컨을 버린 지 2년이 지나서도 나는 할아버지를 여전히 미워했다. 사탕을 얻으러 방에 가는 일도 없어졌다. 그래서 지금 목소리도 들리지 않은 척하고 그길로 놀러나갈까 싶었지만, 할아버지가 이름을 불렀을 때 발걸음을 멈추고 말았다. 할아버지는 분명 내가 들었다는 사실을 알아차렸을 터였다.

단념하고 할아버지 방 미닫이를 열었다. 들어놓고도 무시하고 놀러 가는 걸 들키면 분명 혼이 날 테니 말이다.

"할아버지, 왜?"

평정을 가장하고 방에 들어서자 할아버지는 침대 위에 누워 있었다. 내가 이 집에 왔을 무렵에는 다다미 위에 이불을 깔고 누워 있었는데 몇 번인가 입원하고서 돌아오자 할아버지는 이렇게 스위치로 움직이는 침대에 누워 있게 되었다.

"이쪽으로 오렴."

가냘픈 목소리가 나를 불렀다. 옛날처럼 큰 소리는 더 이상 내지 못하는 것 같았다.

엄마에게서도 할아버지가 병에 걸렸다는 소리를 들었다. 할아버지가 빨리 죽어버렸으면 좋겠다는 생각을 하면서 침대 옆까지 갔다.

"사탕 필요하니?"

"······아니. 필요 없어."

나는 이미 진즉에 사탕을 먹지 않았다. 그럼에도 사탕의 달콤함은 지금도 간단히 떠올릴 수 있었다. 사실은 사탕을 원하면서도 어째서인지 그 사실을 말할 수 없었다.

"그러니."

작게 읊조리는 할아버지가 무슨 생각을 하는지는 알 수 없었다.

할아버지는 사탕에 관해서는 더 이상 아무 말도 하지 않고 침대 옆 테이블에 놓아둔 상자를 들어 올려서 나에게 내밀었다.

"고요미. 이거 너한테 주마."

"이 상자, 뭐야?"

학교에서 사용하는 노트 정도 되는 크기의 상자였다. 그다지 무겁지 않았고 흔들어도 소리가 나지 않는 것을 보아 텅 빈 상자일지도 몰랐다. 하지만 겉보기에는 보물 상자 같아서 조금 설렜다.

다만 그 상자는 열려고 해도 열리지 않았다.

"할아버지, 이 상자 안 열려."

"그래. 그 상자는 잠겨 있어."

"열쇠는?"

"열쇠는 할아버지만 아는 곳에 숨겨뒀지."

"왜 숨겼어? 열쇠 줘."

"할아버지가 죽기 전에 주마."

그런 소리를 들으니 뜨끔했다.

나는 할아버지를 싫어한다.

할아버지가 에어컨을 갖다버린 그날부터 나는 몇 번이나 '할아버지 따윈 얼른 죽어버렸으면 좋겠다'라고 생각했다.

혹시 할아버지가 그 사실을 알아차렸나……?!

"그리고……."

할아버지가 여전히 무슨 말을 하려고 했지만 나는 두려워져서 상자를 가지고 할아버지 방에서 뛰쳐나왔다.

○

    몇 개월이 지난 어느 휴일이었다.

    나는 같은 반 친구들과 놀기 위해 점심을 먹고 바로 나갈 준비를 했다.

    "고요미, 어디 가는 거니?"

    현관에서 신발을 신는 나에게 엄마가 말을 걸었다. 이상하네, 놀러 가는 건 어젯밤에 분명 이야기했을 텐데 말이다.

    "응. 친구랑 놀러 가."

    "……오늘은 할아버지 몸 상태가 좋지 않으니 놀러 가지 말고 집에 있으렴."

    엄마는 진지한 얼굴로 그렇게 말했다.

    하지만 나는 "……나랑 상관없어. 다녀오겠습니다"라고 대꾸하고 그길로 신발을 신고 현관문을 열었다.

    "그럼 적어도 일찍 와!"

    엄마의 큰 소리에 나는 대답도 하지 않고 달렸다. 평소 같으면 얌전한 유노가 그날따라 내 등을 향해 으르렁거렸다.

    하지만 나는 여느 때처럼 놀러 가서 여느 때처럼 저녁 무렵까지 놀았다.

일단 해가 저물기 전에는 집에 돌아왔다.

그런데도 이미 늦었다.

"다녀왔습니다."

"고요미, 왜 이렇게 늦은 거니?! 집에 얼른 오라고 했잖아!"

나를 맞이한 것은 진심으로 화를 내는 엄마의 얼굴과 목소리였다.

"미, 미안…… 무슨 일 있어?"

화만 내는 게 아니었다. 엄마는 울고 있었다.

"할아버지가…… 할아버지가……."

죽었다는 말의 의미는 나도 알고 있었다.

하지만 무슨 생각을 해야 좋을지, 무슨 말을 해야 좋을지 전혀 알 수 없었다.

"할아버지가 고요미 어디에 있냐고, 몇 번이나 물었어……. 얼굴이라도 보여주고 싶었는데……."

엄마가 금세 화를 그치고 다시 울기 시작했다. 할머니도 울고 있었다.

나는 눈물이 나오지 않았다. 할아버지는 나를 싫어했으니까 내가 보고 싶었을 리가 없다는 생각을 할 정도였다.

다만 나는 한 가지 신경 쓰이는 게 있었다.

"저기, 엄마."

"……왜."

"저기…… 할아버지가 나한테 아무 말도 안 했어? 나한테 뭔가 준다든가."

"할아버지랑 무슨 약속이라도 했니?"

"응. 저기, 열쇠를 준다고 했거든."

"열쇠라니? 무슨 열쇠?"

할아버지한테서 받은 상자에 대해서는 아무한테도 말하지 않았다. 할아버지는 미웠지만 보물 상자를 몰래 숨겨 가지고 있는 것은 설레는 일이었기 때문이다.

상자에 대해서 엄마한테 이야기할까. 그렇게 고민하고 있을 때였다.

"할아버지, 상태가 갑자기 나빠지고 고요미를 몇 번이나 불렀어. 어쩌면 그 열쇠를 주려고 했을지도 모르겠네. 그치만 그대로……."

그렇게 말하더니 엄마는 다시 울기 시작했다.

나로 말할 것 같으면 할아버지가 죽었다는 사실보다 보물 상자를 더 이상 열 수 없을지도 모른다는 쪽이 신경 쓰였다. 이럴 줄 알았으면 놀러 가지 말고 집에 계속 있을걸 그랬다. 그랬더라면 할아버지한테서 열쇠를 받았을지도 모르는데 말이다.

열쇠는 어디에 있을까? 상자 안에는 뭐가 들어 있을까? 어쩌면 그건 이제 영원히 알 수 없는 걸까?

나는 몹시 후회했다. 정말로 더 이상 열쇠를 손에 넣을 수 없는 걸까.

그리고 진지하게 생각했다. 다시 한 번 더 할아버지를 만나고 싶다고.

유령이든 뭐든 괜찮다. 한 번 더 할아버지를 만나서 열쇠를—

○

—다음 순간, 나는 영문을 알 수 없는 상자 안에 있었다.

"……어?"

나는 상자 속에서 침대처럼 보이는 물건에 누워 있었다. 눈앞에는 내 얼굴을 옅게 비추는 투명한 유리가 있었다. 아무래도 이 상자의 뚜껑인 모양이다. 손으로 밀어보았지만 안에서는 열리지 않는 것 같았다. 어쩌면 나갈 수 없는 게 아닐까 패닉에 빠졌다.

뭐지? 나는 분명 집에 있었다. 할아버지가 죽고 엄마와 할머니가 울고 있었는데…… 그런데 여긴 어디지? 어째서 갑자기 이런 곳에 있는 거지?

영문을 알 수 없었다. 뚜껑을 열고 나가서 큰 소리로 외치고 싶었다.

그때 유리 뚜껑 건너편에 사람 형체가 보였다.

그곳에 서 있는 사람은 나와 같은 또래의 낯선 소녀였다.

무심코 유리를 두드렸다. 그 소리에 여자아이가 흠칫하고 몸을 움츠렸다. 맙소사, 놀라게 해서 달아나면 곤란하다. 나는 되도록 온화한 목소리로 말을 걸었다.

"저기, 들려? 이 뚜껑을 열어줬으면 하는데. 안에서는 안 열리거든."

다행히 내 목소리는 들리는 모양이었다. 여자아이는 상자 주변을 이리저리 건드리기 시작하더니 고심하면서도 상자를 열어주었다.

상자에서 나온 나는 우선 주변을 둘러보았다.

하얗고 널찍한 방이었다. 기계가 많았고 케이블 여러 개가 내가 들어 있던 상자에 연결되어 있었다. 상자라고 해도 사각형 상자가 아니라 로봇 애니메이션에서 본 조종석 같은 형태를 하고 있었다.

그리고 눈앞에는 상자를 열어준 소녀가 있었다.

나와 여자아이는 아무 말 없이 서로를 바라보았다. 하얀 원피스를 입은, 길게 뻗은 생머리가 아름다운 예쁘장한 아이였다. 하지만 역시 낯설었다.

어쨌거나 여기에 있다면 뭔가를 알고 있을 테다. 과감하게 그 아이에게 말을 걸어보기로 했다.

"저기…… 넌, 누구야? 난 왜 여기에…… 아니, 그보다 여긴 어디야?"

"……!"

내가 말을 건 순간 그 아이가 발걸음을 돌려 달리기 시작했다.

"앗! 기다려!"

순간적으로 그 뒤를 쫓아갔다. 여자아이는 복잡한 구조로 이루어진 건물 안에서 헤매는 기색도 보이지 않고 잽싸게 달아났다. 이 건물을 꽤나 잘 아는 모양새였다. 갈수록 멀어져 가던 그 아이는 결국 뒷문으로 보이는 곳에서 밖으로 뛰쳐나가고 말았다.

몇 초 늦게 나도 건물 밖으로 나갔지만, 여자아이의 모습은 좁다란 골목에서 이미 사라지고 없었다.

때는 해질 무렵. 빨갛게 물드는 거리가 낯설어서 어찌할 바를 몰라 조금이라도 널찍한 곳으로 향하려고 그 건물 반대편으로 돌아갔다.

그러자 정문 현관으로 보이는 입구 옆에 건물 이름이 적힌 간판이 있었다.

허질과학연구소.

허질(虛質)이라는 말은 잘 모르지만, 과학이나 연구라는 단어라면 잘 안다. 요컨대 아빠와 같은 학자가 일하는 곳일 테다.

간판 바로 아래에는 초(町) 이름과 번지가 쓰인 금속판이 붙어 있었다. 일단 아는 이름이 쓰여 있었다. 이곳이 그곳이라고 한다면 내가 사는 곳에서는 걸어서 한 시간쯤 되는 거리다. 내가 왜 이런 곳에 있는 걸까?

엄마는? 할머니는? 영문을 알 수 없다는 생각에 불안해서 눈물이 날 것 같았다.

그때 길 건너편에서 사람 좋아 보이는 아주머니가 걸어오는 것이 보였다. 내가 달려가자 아주머니가 놀란 얼굴로 걸음을 멈춰주었다.

"죄송하지만 여긴 어딘가요?"

"응? 어디라니?"

"저기 무슨 현, 무슨 시, 무슨 초예요?"

"오이타 현 오이타 시 ○○초인데."

아주머니의 대답을 듣고 조금 안심했다. 역시 내가 아는 ○○초인 것 같았다. 그렇다면 길만 알면 걸어서 돌아갈 수 있다.

"저기, XX초 아세요?"

"응. 알지."

"여기서 어떻게 가면 돼요?"

"어떻게라니, 혹시 걸어서 가려고? 한 시간 정도 걸릴 텐데? 아빠나 엄마가 데리러 오는 게 아니라?"

"전화가 없어서요."

"아줌마가 빌려줄게. 걱정 말고 써."

그렇게 말하고 아주머니가 휴대전화를 나한테 빌려줬다. 친절한 사람을 만나서 다행이었다. 집 전화번호 정도는 외우고 있었다. 나는 그 말에 힘입어 전화를 걸었다.

— 네, 다카사키입니다.

"아. 엄마?"

— 어머나, 고요미? 어쩐 일이니?

……뭔가 예상했던 반응과 달랐다. 조금 놀란 것 같긴 했지만 말이다.

— 고요미, 휴대전화 샀니?

"아니, 지나가던 아주머니가 빌려주셨어."

— 응?

"저기 나도 잘 모르겠는데, 지금 데리러 오면 안 돼?"

— 데리러 오라고? 상관은 없는데 아빠는?

"아빠? 아빠는 없는데?"

— 어머나 그렇구나. 뭐야, 아빠랑 말다툼이라도 했니?

"응?"

……왠지 엄마와 나누는 대화가 미묘하게 어긋나는 느낌이 들었다.

— 뭐 됐어. 그런데 어디로 데리러 가면 되니?

"○○초에 있는 허질과학연구소라는 곳에 있어."

— 아아, 역시 아빠랑 같이 있었네. 금방 갈 테니 사정은 차 안에서 들려줘.

"어? 응……."

나는 당황하면서도 전화를 끊었다. 아주머니께 전화를 돌려주고 연구소 앞까지 돌아가서 엄마가 마중 오기를 기다렸다.

엄마가 왜 그렇게 아빠 이야기를 많이 한 거지? 오늘은 아빠를 안 만났는데. 애초에 조금 전까지만 해도 울고 있었으면서.

게다가 내가 갑자기 이곳에 왔다는 건 엄마 앞에서 느닷없이 사라졌다는 게 아닐까? 아니, 그런 일은 있을 수 없지만. 그렇다면 더 걱정하고 있을 테고 말이다.

　그럼 혹시 엄마한테 제대로 말하고 내 발로 걸어서 여기까지 왔을까? 그걸 전부 잊어버린 건가? 그럴 리도 없다고 생각하지만 순간 이동보다는 있을 법한 일인가……?

　그런 생각을 하며 기다리고 있으니 머지않아 인적이 드문 길에서 차 엔진 소리가 다가왔다. 다만 엄마 차가 아니었다. 일단 일어나서 방해가 되지 않도록 길 끄트머리로 갔다.

　그러자 어째서인지 그 차가 속도를 떨어뜨리고 다가와서 내 앞에서 멈춰 섰다.

　"어?"

　운전석에 앉아 있는 사람은 엄마였다.

　이상했다. 엄마는 얼마 전에 산 경차를 몰고 있을 터였다. 그런데 지금 엄마가 모는 차는 오래된 승용차였다.

　하지만 유심히 살펴보자 그 차가 어딘가 낯익은 느낌이 들었다.

　"……아!"

　생각났다. 이 차는 할아버지가 몰던 차다.

　요 몇 년간 계속 차고에 세워져 있었을 텐데. 할아버지가 세상을 떠나서인가. 기름은 어떻게 한 거지?

문을 열고 조수석에 올라타자 엄마가 웃으며 나를 맞이해주었다.

"어라, 아빠는?"

"없다니까."

"흐음. 어쩔래? 이대로 집으로 가도 돼?"

딱히 쇼핑 같은 용건은 없었다. 지금은 어쨌거나 익숙한 집으로 돌아가서 안정을 취하고 싶다. 나는 그대로 출발하자고 했다.

운전하면서 엄마는 나한테 물었다.

"그래서 오늘은 어쩐 일이야? 아빠랑 무슨 일 있었어?"

또 아빠 이야기다. 대체 무슨 일이지?

"아무 일도 없어. 오늘은 아빠를 안 만났으니까."

"그럼 왜 그런 곳에 있었어?"

"연구소? 아빠랑 관계있는 거야?"

"당연히 있지. 아빠 직장이잖아."

깜짝 놀랐다. 분명 아빠는 학자라서 그와 비슷한 곳에서 일하고 있을 거라 생각했지만, 설마 저곳이었을 줄이야.

"그랬구나……."

"잊어버렸어? 최근엔 안 갔어?"

"최근이고 뭐고 한 번도 안 가봤어."

"어라? 아빠는 데리고 갔다던데?"

"아빠랑? 갔었나……."

"고요미가 어릴 적에도 몇 번 간 적 있어. 기억하진 못할지도 모르지만."

그랬구나. 전혀 기억에 없다. 상당히 어릴 적이었나 보다.

하지만…… 뭐랄까. 조금 전부터 느껴지는 이 위화감은 뭘까…….

뭔가, 뭔가가 몹시도 불쾌했다.

어딘가 미묘하게 맞물리지 않는 이야기를 이어나가면서 차는 우리 집에 도착했다. 정원에 여느 때 있던 경차가 없었다. 어떻게 된 일이지?

나는 현관 앞에 내리고 엄마는 뒤편 차고로 차를 가져갔다.

우선 유노를 쓰다듬어서 안정을 취하려고 했지만, 정원에 모습이 보이지 않았다. 이미 개집에 들어가 잠들어버렸을지도 모른다. 그렇다면 깨우는 것도 왠지 가여웠다.

먹음직스러운 저녁 냄새가 났다. 그러고 보니 배가 고팠다. 현관을 열고 집 안으로 들어갔다.

"다녀왔습니다."

"어머나, 어머나 어머나 고요미!"

부엌에 서 있던 할머니가 웃는 얼굴로 나를 불렀다. 어째서 이렇게 기분이 좋은 걸까? 조금 전에 할아버지가 돌아가신 참인데?

"잘 왔어. 자아 앉으렴. 배고프지? 얼른 밥 차려줄게."

……혹시 할아버지가 돌아가신 충격으로 살짝 이상해진 걸까. 조금 전까지 울던 얼굴에서 믿을 수 없을 만큼 기뻐하는 표정을 보니 불안했다. 할머니가 재촉하는 대로 거실 미닫이를 열었다.

그리고 나는 이번에야말로 완전히 사고가 정지되었다.

왜냐하면 사각 좌탁 앞에 책상다리를 턱 하고 앉아서.

"오오, 고요미 왔니? 오랜만이구나. 자 앉으렴. 할아버지 옆에 앉아."

조금 전에 세상을 떠났을 터인 할아버지가 나에게 손짓하고 있었기 때문이다.

○

몇 가지 생각해봤다.

우선은 꿈. 그렇다면 얼마나 좋을까. 하지만 이 꿈은 뺨을 꼬집고 때려도 깨어나지 않았다.

다음으로 유령. 나는 조금 전에 유령이라도 좋으니 다시 한 번 할아버지를 만나고 싶다고 생각했다. 하지만 용기를 내서 만져본 결과 할아버지는 감촉도 체온도 확실히 있었다.

일단 내 머리가 이상해졌을 가능성. 이건 아니라고 믿고 싶다.

결국 영문도 모른 채, 그럼에도 되도록 차분하게 엄마나 할아버지나 할머니에게 이야기를 조금씩 캐물었다.

그 결과 나는 하나의 결론에 도달할 수밖에 없었다.

여긴 내가 있던 세계가 아니다.

이 세계는 3년 전에 부모님이 이혼했을 때 내가 엄마가 아닌 아빠를 따라간 세계였다. 무슨 애니메이션에서 본 평행세계인 모양이었다.

이 세계의 나는 이 집이 아니라 아빠와 함께 살고 있었다. 그래서 엄마가 자꾸만 "아빠는?" 하고 물어왔던 것이고, 할머니가 그렇게 기뻐했던 것이다.

이때 그 사실을 선뜻 받아들일 수 있었던 것은 어째서일까. 원래 세계로 돌아갈 수 있을지 없을지 걱정도 하지 않았다. 그것보다도 그런 결론에 도달한 내가 생각한 것은 한 가지뿐이었다.

이 세계에서는 할아버지가 아직 살아 있다.

그렇다는 건 할아버지에게서 보물 상자 열쇠를 손에 넣

을 수 있다는 말이지 않은가?

○

할아버지에게 말을 거는 것은 용기가 필요한 일이었다. 원래의 세계에서 나는 이미 할아버지와 대화를 거의 나누지 않았기 때문이다.

하지만 그 이상으로 보물 상자가 신경 쓰여서 참을 수 없었기에 마음을 굳게 먹고 할아버지 방으로 향했다. 2년 만이었다.

"저기 할아버지."

"오오. 고요미니?"

"잠시 이야기해도 돼?"

"물론 괜찮고말고. 들어오려무나."

할아버지는 허탈할 만큼 자상했다. 내 세계에서는 할아버지가 나를 싫어했으니 오히려 무서울 지경이었다.

하지만 동시에 나는 떠올렸다. 에어컨을 버린 일 말고는 원래 내 세계의 할아버지도 자상했다는 사실을.

나는 그로부터 2년 동안이나 할아버지를 계속 피해 다니다 결국 이야기도 나누지 못한 채 할아버지를 떠나보내고 말았다. 새삼스럽지만 할아버지랑 이야기를 좀 더 나눴으면 좋았을 텐데 하는 생각이 들기 시작하던 차였다. 그랬다면 의외로 간단히 화해해서 열쇠도 같이 받았을지 모르는데 말이다.

그런 생각이 들자 보물 상자가 더욱 신경 쓰였다. 할아버지가 이 세계와 같은 자상한 할아버지였더라면 대체 나한테 뭘 줬을까?

"저기 할아버지, 보물 상자 가지고 있어?"

"보물 상자? 아니 없는데?"

아무래도 이야기는 그리 간단히 풀리지 않을 모양이었다.

이 세계의 할아버지는 나한테 준 보물 상자를 애초에 가지고 있지 않았다. 만약 그 상자가 나를 위해 사둔 것이라면 이 세계의 나는 할아버지와 따로 살고 있으니 어쩔 수 없을지도 모른다.

"상자가 필요하니? 과자가 들어 있던 캔 정도라면 얼마든지 있단다."

노골적으로 낙담하는 내 얼굴을 보고 당황했는지 할아버지가 그런 이야기를 꺼냈다. 하지만 내가 원하는 건 그런 게 아니다.

"아아, 과자라면 사탕이 필요하니?"

할아버지는 그렇게 말하고 일어나서 옷장 제일 위 서랍에서 내가 좋아하던 달콤한 사탕을 꺼냈다.

그리웠다. 할아버지가 늘 주던 사탕이었다. 이쪽 세계의 할아버지도 같은 곳에 넣어두고 있구나. 2년 전에는 닿지 않았던 그 서랍장이 키가 자란 지금의 나라면 닿을 것 같았다.

할아버지가 준 사탕을 입에 쏙 집어넣자 내가 그토록 좋아하던 달콤함이 오랜만에 입안에 퍼졌다. 그때 갑자기 생각났다.

이 평행세계는 여러 가지 면에서 내가 살던 세계와는 다르지만 같은 점도 많다. 할아버지가 사탕을 넣어둔 장소도 그랬다.

그렇다면 할아버지가 생각하는 것도 기본적으로는 같지 않으려나?

"저기, 할아버지."

"응?"

"저기, 보물 상자를 말이지, 아빠가 나한테 줬어. 그런데 열쇠는 다른 곳에 숨겨버렸지 뭐야. 그러고는 나한테 찾아보라고 하더라고. 할아버지라면 어디에 숨길 것 같아?"

이 세계의 나는 아빠와 같이 살고 있다. 그래서 이런 이야기를 지어냈다. 만약 할아버지가 생각하는 것이 두 세계

어디에서든 마찬가지라면 이쪽 세계 할아버지의 답을 힌트로 삼아 원래 세계에서 열쇠를 찾을 수 있을지도 모른다.

"아범도 재밌는 행동을 하는구나."

할아버지는 살짝 웃고서 진지하게 생각하기 시작했다.

"숨기는 물건에는 두 종류가 있지. 절대로 발견되길 바라지 않는 물건이랑 사실은 찾아줬으면 하는 물건 말이야. 어느 쪽인지에 따라서 숨기는 방식도 달라지겠지. 보물찾기는 보통 찾게 하는 게 목적이지만, 애비는 어느 쪽이려나."

"찾아주길 바라는 게 아닐까? 찾아주길 바란 게 아니라면 애초에 보물 상자를 나한테 주지 않았겠지."

"그래, 그렇겠구나. 고요미는 똑똑하구나. 그렇다면 만약 할아버지가 고요미에게 보물 상자를 준다고 치고 그 열쇠를 찾게 하기 위해서 숨긴다면……"

골똘히 생각하는 할아버지. 그리고 한 가지 답을 냈다.

"지금의 고요미에게는 안 보여도 언젠가는 반드시 보이는 장소에 숨기려나. 그런 곳이 적당할 것 같구나."

"그런 곳이라면 어디야?"

"할아버지는 아빠네 집을 모르니 잘 모르겠구나."

"이 집에서 말이야! 만약에 이 집에서 숨긴다면 어디에 숨길 거야?!"

"이 집에서? 글쎄, 어디에 숨길까."

가장 중요한 그 답을 할아버지는 결국 생각해내지 못했다. 집이 넓어서 숨길 만한 장소라면 얼마든지 있을 텐데 말이다.

"……숨긴다고 한다면 유노도 옛날엔 자주 구두 같은 걸 숨겨뒀지."

할아버지의 목소리 톤이 문득 낮아졌다.

그 말을 듣고 조금 놀랐다. 내가 아는 한 유노는 그런 나쁜 짓을 전혀 하지 않았기 때문이다.

그쯤에서 생각났다. 아아, 그렇다, 여긴 평행세계다. 이 세계의 유노는 내가 아는 유노와는 다르다.

이쪽 세계의 나는 이 집에는 살고 있지 않다. 그렇다는 말은 유노와도 한동안 만나지 못했을 것이다. 우선 그런 척을 해두는 편이 좋을지도 모른다.

"유노는 잘 지내?"

내 물음에 할아버지가 눈을 가늘게 뜨고 답했다.

"글쎄……. 천국에서 분명 건강하게 잘 지내고 있겠지."

무심코 큰 소리를 낼 뻔했다.

천국에서 건강하게 지내고 있다는 말은 이 세계의 유노는 죽었다는 것이다.

"유노는 고요미가 태어날 때부터 기르기 시작했지."

그 이야기는 지금까지 몇 번인가 들은 적이 있다. 아이가 태어나면 개를 키우라는 시까지 외울 만큼 들었다.

"아이가 태어나면 개를 키우세요.

갓난아이일 때는 아이를 지켜주는 손이 되고

어린아이일 때는 아이의 좋은 놀이 상대가 되어주겠지요.

소년기일 때는 아이의 고민을 이해해주는 상대가 되어주고

그리고 아이가 청년이 되었을 때는 죽음을 통해 생명의 존엄성을 가르쳐주겠지요.

……고요미, 너는 강하고 상냥하게 자라렴. 유노 몫까지."

할아버지는 가끔 놀러 오는 나를 위해 일부러 유노를 기르기 시작했다. 그것은 내가 사는 세계의 할아버지도 마찬가지였다.

"……유노가 옛날에 구두를 숨겼다는 거 진짜야?"

"그래. 어릴 적에는 자주 못된 행동을 했지."

"근데 안 숨기게 됐잖아?"

"호되게 꾸짖어서 길들였으니까. 만약 고요미를 물게 되면 고요미도 유노도 가엾잖니."

그 말을 듣고 나는 비로소 깨달았다.

나쁜 행동을 하면 혼을 낸다. 그것은 상대를 미워해서가 아니다.

대상 연령 10세 이상인 에어건을 여덟 살인 내가 가지고 있었다. 그것은 나쁜 행동이기에 할아버지는 빼앗았던 것이다. 사람을 상처 입히지 않도록 하기 위해서. 그리하여 내가 상처를 입지 않도록 하기 위해서.

분명 이 세계의 할아버지도 내가 에어건을 선물 받는다면 역시 버렸을 테다. 그런데 나는 할아버지를 악마인 양 단정 짓고 미움받는다고 착각해서 일방적으로 싫어하고 말았다.

할아버지는 역시 자상했다.

"……유노가 보고 싶어."

원래의 세계로 돌아가고 싶었다.

이 세계에서는 할아버지가 살아 있다. 하지만 유노는 이미 없었다.

내가 살던 세계에는 유노가 살아 있다. 하지만 할아버지는 이미 없다.

"고요미는 아직 만나기 힘들겠지만, 할아버지는 곧 만날 수 있을지도 모르겠구나."

농담조로 그런 말을 하는 할아버지. 그 의미는 나도 잘 알고 있다.

내가 사는 세계와 기본적으로 같은 평행세계. 어쩌면 이 세계의 할아버지도 내가 사는 세계의 할아버지와 마찬가지로 같은 병에 걸려서 곧 세상을 떠날지도 모른다.

그리고 내가 원래의 세계로 돌아가면 유노도 머지않아 죽을지도 모른다.

할아버지도 유노도 양쪽 세계에서 죽어서 이제 어디에도 존재하지 않게 된다.

나는 새삼스럽게 할아버지가 죽었다는 사실을 슬프게 생각하기 시작했다. 열쇠를 받지 못했다는 사실과는 다른 후회가 처음으로 내 안에서 피어올랐다.

"저기, 할아버지."

"응?"

"오늘, 같이 자도 돼?"

"······물론 되고말고."

그때 할아버지가 진심으로 기쁜 듯 활짝 웃는 얼굴을 보고 어째서인지 나는 한층 더 슬퍼졌다.

하지만 억지로 슬픔을 삼켰다.

"그리고 사탕 하나만 더 줘."

"그럼 못 써. 사탕은 하루에 하나씩이야."

나는 조금 안심하고 웃었다. 아아, 역시 할아버지는 할아버지구나.

그리고 밤에 할아버지 옆에서 꾸벅꾸벅 잠에 빠져들면서 나는 갑자기 열쇠가 어디에 있는지 알 것 같은 느낌이 들었다.

○

다음 날 아침.

잠에서 깬 나는 어째서인지 엄마와 함께 자고 있었다.

"으앗?!"

"흐음…… 고요미, 일어났니……?"

눈꺼풀을 비비면서 엄마가 말했다. 아무래도 엄마는 내가 같이 자고 있다는 사실을 의아하게 생각하지 않는 모양이었다. 2년쯤 전부터 같이 잔 적은 한 번도 없는데 말이다.

당연하게도 같이 자고 있었을 터인 할아버지는 없었다.

이건 어쩌면.

"할……할아버지는?"

조심스럽게 묻자 엄마는 순간적으로 눈을 크게 떴다가 다시 가늘게 뜨더니 내 머리를 쓰다듬었다.

"장의사가 염을 하고서 지금은 불단이 있는 방에 누워 계셔."

역시 그렇다. 나는 원래의 세계로 돌아온 모양이었다. 그리고 이쪽 세계의 나는 어젯밤 어째서인지 엄마와 함께 잠들었다.

……내가 저쪽 세계로 가 있었는데, 이쪽 세계에도 내가 있었다?

"저기, 엄마, 어젯밤에는……."

"뭐야, 자고 일어나니 부끄러워졌어? 어젯밤에 고요미 어리광쟁이였잖아."

아아, 그렇구나.

내가 어제 아빠와 살던 세계로 갔던 것과 마찬가지로 이쪽 세계에는 어제, 엄마와 헤어진 채 저쪽 세계에서 살던 내가 와 있었구나.

저쪽 세계의 나는 엄마에게 응석을 부렸던 것이다. 그런 생각이 들자 나도 저쪽 세계에서 아빠를 만났으면 좋았을 텐데 싶어서 조금 후회됐다. 저쪽 세계의 나는 아빠와 살고 있으니 분명 나보다 아빠와 사이가 좋을 테다.

저쪽 세계의 나는 이쪽 세계에서 할아버지가 죽었다는 사실을 알고 무슨 생각을 했을까.

"엄마는 고요미가 할아버지를 싫어한다고 생각했어. 그런데 그렇지 않았구나."

엄마가 한 그 말에 답을 조금 알 것 같았다.

○

나는 오랜만에 할아버지의 방에 와 있었다.

2년 전까지는 하루가 멀다 하고 와서 사탕을 받아 갔는데 할아버지가 미워진 후에는 거의 오지 않게 되어버린 방이었다.

저쪽 세계의 할아버지 방과 다른 점은 거의 없었다. 사탕을 넣어둔 옷장의 위치, 크기, 형태, 모든 것이 같았다.

할아버지는 내가 오지 않게 된 이후에도 사탕을 준비해 놓고 있었을까?

지금 나는 그 답을 알 것 같았다.

사탕은 분명 있다.

내가 보석 상자를 받아들었던 그날도 할아버지는 말했으니 말이다. 사탕이 필요하느냐고. 그때 "필요 없다"라고 말해버린 게 후회됐다. 얌전히 받아둘 걸 그랬다. 분명 그건 할아버지와 화해할 수 있는 최대의 기회였을 테다.

가장 큰 옷장에 다가갔다. 2년 전에는 손이 닿지 않았던 제일 위 서랍장도 키가 자란 지금이라면 혼자서 열 수 있었다. 나도 이제 곧 열 살이었다.

할아버지가 늘 사탕을 꺼내던 서랍을 열었다.

그곳에는 역시 내가 무척이나 좋아하던 사탕이 담겨 있었다.

"하나 먹을게, 할아버지."

사탕 하나를 입에 넣었다. 입안에 너무나도 좋아하던 달콤함이 퍼졌다. 하지만 내가 정말로 원하는 것은 이것이 아니다. 사탕 봉지에 손을 넣어 안을 더 뒤적였다.

분명 이곳에……

"……아."

손끝에 무언가 단단한 감촉이 닿았다.

집어서 꺼내보자 열쇠였다.

"……역시 있구나."

나는 건너편 세계의 할아버지가 했던 말을 떠올렸다.

— 지금의 고요미에게는 안 보여도 언젠가는 반드시 보이는 장소에 숨기려나.

보석 상자를 받았을 때 나는 할아버지를 미워하고 있어

서 할아버지 방에 가까이 다가가려고 하지 않았다. 그럼에도 할아버지는 언젠가 분명 내가 다시 사탕을 얻으러 오리라고 믿고 있었던 것이다.

그때 자신이 이미 죽었더라도 그때의 나라면 분명 키가 자라서 스스로 서랍을 열 수 있을 테니 말이다.

그래서 할아버지는 그곳에 보물 상자의 열쇠를 숨겨놓았다.

나는 내 방에 숨겨둔 보물 상자를 꺼내서 열쇠를 들고 불단이 있는 방, 할아버지가 잠들어 있는 곳으로 갔다.

할아버지는 이불에 덮인 채 자고 있었다. 유령처럼 창백한 얼굴을 상상했지만, 어느 쪽이냐고 할 것 같으면 노란기가 살짝 도는 것처럼 보였다.

원래도 야위었지만 왠지 더 야위어 보이는 얼굴.

화를 내는 얼굴만 잘 기억하고 있었다. 지금은 왠지 다른 사람 같아 보였다.

할아버지는 죽었다.

이제 두 번 다시 화를 내지 않을 테고 두 번 다시 나한테 사탕을 주지 않을 것이다.

나는 갑자기 두려워졌다.

할아버지에게 보석 상자를 받고 나서 나는 할아버지와

제대로 이야기를 나눠보지 못했다.

"할아버지?"

잠든 할아버지를 부르자 느닷없이 눈물이 쏟아질 것 같았다.

"할아버지, 보석 상자 열게."

눈물이 흘러넘치기 전에 나는 보석 상자에 열쇠를 꽂아 넣었다.

철컥 하는 소리와 함께 가볍게 열리는 느낌이 났다.

나는 보석 상자의 뚜껑을 열었다.

"아……."

안에 담겨 있던 것은 상자에 '대상 연령 10세 이상'이라고 쓰여 있는 에어건이었다.

"이건…… 그때의……."

여덟 살일 적에 아빠를 졸라서 샀다가 너한테는 아직 이르다며 할아버지가 빼앗아 갔던 그 에어건이었다. 내가 할아버지를 미워하는 계기가 된 물건이었다.

버렸을 거라고만 생각했다. 하지만 할아버지는 계속 버리지 않고 보관하고 있었다.

상자 위에는 두 겹으로 접힌 자그마한 종이가 있었다. 나는 그것을 펼쳤다.

그곳에는 내가 쓴 것보다 훨씬 못생긴 글자로 비뚤비뚤하게 이렇게 적혀 있었다.

열 살이 된 거 축하한다, 고요미.
사람한테 쏘면 안 된다.

창밖에서 유노가 멍멍 짖었다.

이것이 내가 처음으로 평행세계라는 것을 인식했던 일
이다. 참고로 예상과 달리 유노는 그로부터 2년을 더 살다
가 사고가 아니라 수명이 다해서 세상을 떠났다.

지금 생각해보면 이 무렵부터 평행세계라는 것이 세간
에 급속도로 알려졌던 것 같다. 대대적으로 "평행세계의
존재를 증명했다"라고 발표한 것은 일본의 허질과학연구
소였다. 그렇다, 우리 아빠가 일하는 연구기관이다.

발표 내용은 다음과 같았다.

세상에는 수많은 평행세계가 존재하고, 사람들은 일상
에서 아무 자각 없이 평행세계를 이동하고 있다. 이동은 육

체가 물리적으로 이동하는 것이 아니라 의식만 평행세계에 있는 자신과 바뀌는 형태로 이루어진다. 이때 시간은 이동하지 않는다.

가까운 평행세계일수록 원래 세계와 차이가 작으며, 극단적으로 말하자면 바로 옆 세계와는 아침 식사가 밥인지 빵인지 하는 정도의 차이밖에 없다.

또한 가까운 평행세계일수록 자각하지 못한 채로 이동하는 빈도가 높고 이동하는 시간도 짧다. 이것이 사람들이 평행세계 간의 이동을 알아차리지 못하는 이유다. 그렇기 때문에 '그곳에 넣어뒀던 물건이 없다' '한 번 찾았던 장소에서 찾던 물건이 튀어나왔다' '약속 시간을 착각했다' 하는 등의 이른바 오해, 착각, 건망증 같은 현상이 일어난다.

지극히 드물게 먼 평행세계로 이동하는 경우도 있다. 다만 먼 세계일수록 원래 세계와는 동떨어져 있으며, 그곳으로 이동한 인간은 자신이 마치 이세계에서 헤매는 것처럼 느낄 것이다.

이 평행세계 간의 이동을 '패러렐 시프트'라고 이름 붙였다.

발표 제1탄은 대략 이러했다.

그 발표는 처음에는 당연하게도 학회에서 비웃음을 샀다. 하지만 발표자인 허질과학연구소 소장 사토 이토코 교수가 차례로 상세한 논문과 실험 결과를 제시하면서 패러렐 시프트는 공전의 논쟁을 불러일으켰다.

세계 각지의 학자나 연구 기관이 패러렐 시프트를 확인하기 위해 혹은 부정하기 위해 똘똘 뭉쳤다. 결과적으로 평행세계의 존재는 불과 3년 만에 전 세계의 연구 기관이 인정하게 되었고 허질과학은 학문의 한 분야가 되었다.

내가 열다섯 살이 되었을 무렵에는 IP(각 평행세계를 특정하기 위한 지문과 같은 것. 일본어로는 허질문(虛質紋)이라고 한다)를 측정하기 위한 기기가 시범적으로 만들어져서 각 업계의 지식인이 샘플로 그것을 모니터하는 시대가 열렸다. 이것이 나중에 'IEPP 카운터'가 되었다.

요즘 시대에 인간은 태어나면서 반드시 웨어러블 단말기를 착용해야 한다. 거기에 설치된 것이 IEPP 카운터이다. 자신이 태어났을 때의 세계를 '0의 세계'로 등록하고 항상 IP를 측정함으로써 자신이 지금 어느 세계에 있는지를 상대적으로 알 수 있는 소프트웨어다. 이로써 평행세계는 사람들에게 친숙한 개념이 되었다.

그렇다고는 해도 내가 열다섯 살일 때에는 아직 평행세

계를 픽션으로밖에 생각하지 않는 사람도 많았다. 허질과 학을 아는 사람 중에서도 좀처럼 그 사실을 인정하지 못하고 오컬트로 취급하는 이도 있었다.

열다섯 살.

세상이 평행세계와 조율해나가기 위해 크게 요동치던 그 시대에 내 개인적인 세계에서는 인생을 좌우하는 큰 사건이 일어났다. 그것도 역시 평행세계와 관련된 일이었다.

이번에는 그 무엇보다 상당히 특수한 케이스였지만 말이다.

제
2
장

소
년
기

시험공부란 걸 한 번도 해본 전례가 없다.

내 입으로 말하기는 뭣하지만, 아무래도 나는 주변 사람들에 비해 조금 — 아니, 상당히 머리가 좋은 편인 것 같다.

수업 내용을 이해하는 데 예습도 복습도 필요 없고 초등학생일 때에는 100점만 받았다. 중고등학교로 진학한 다음에는 역시 100점은 줄어들었지만 그래도 90점 아래를 받는 일은 없었다.

그런 내가 중학생 시절에 지나친 자신감으로 나 자신을 특별하게 생각하고 주변 아이들을 속으로 바보 취급한 것은 젊은 날의 치기라고도 할 수 있겠다.

물론 그에 상응하는 대가는 있었다. 나는 너희와 다르다고 뻐기는 마음을 숨기고 있다고 해도 은근히 드러났는지 중학교 시절의 나는 확실히 말해서 친구가 없었다. 그래도 상관없다고 생각했는지 혹은 믿고 싶었는지 어쨌거나 나는 고립을 자처했다.

다만 아무래도 나는 외로움을 많이 타는 인간으로 태어난 모양인지 중학교 졸업이 가까워졌을 무렵에는 그런 학교생활을 매우 후회했다. 하루는 쉬는 시간에 독서에 집중하는 척하면서 주변의 반 친구들이 나누는 이야기에 귀를 기울일 때였다. 졸업 전에 뭔가 기념이 될 만한 일을 하자거나 졸업식 후에 노래방에 가자고 다들 즐겁게 이야기하고 있었다.

물론 나한테 그러기를 권하는 사람은 없었다. 그런 하잘것 없는 일에 휘말리게 하지 말아달라는 분위기를 풍기면서도 속으로는 모두가 몹시 부러웠다.

그리고 맞이한 졸업식 날. 다들 졸업 앨범을 서로 교환해서 공백인 마지막 페이지에 메시지를 써주고 있었다.

나는 그런 아이들을 곁눈질하면서 혼자서 집으로 돌아와 새하얀 마지막 페이지를 외롭게 바라보며 결심했다.

고등학교에서는 친구를 만들자.

내가 진학하는 고등학교는 현(県)에서 최상위권에 속하

는 진학 고교였다. 적어도 우리 반에서 같은 학교에 진학하는 학생은 한 사람도 없었다. 즉, 고등학교에서는 아무도 나를 모르는 상태에서 시작할 수 있는 것이다. 학력도 비슷한 사람들이 모여 있을 터였다. 이번에는 다른 아이들을 무시하지 말고 학생다운 우정을 쌓아나가자고 생각했다.

입학시험은 졸업식 나흘 후에 치른다. 최상위권이라고는 하나 열성적으로 수험 공부를 하면 전 과목 만점으로 합격할 자신도 있었다. 하지만 만약 그렇게 되면 그게 원인이 되어 벽이 생겨서 다시 고립될지도 몰랐다. 그래서 나는 수험 공부를 일절 하지 않았다. 하지 않아도 합격할 자신은 있었고 실제로도 합격했다.

고등학교 입학식을 일주일 남겨둔 어느 날, 진학할 고등학교에서 연락이 왔다.

입학식에서 신입생 총대표를 맡아주길 바란다고 했다.

어째서 내가 맡아야 하는지 물어보자 답은 간단했다. 공부를 전혀 하지 않고 시험을 쳤는데도 나는 수석으로 합격한 모양이었다.

강제적인 사항은 아니었기에 나는 신입생 총대표를 거절했다. 총대표를 하면 수석으로 합격했다는 사실이 알려져서 친구를 사귀는 데 악영향을 끼칠지도 모른다고 생각했기 때문이다. 중학교 시절에는 성적이 좋았던 탓에 친구가 없던 거라고, 이때는 진심으로 믿고 있었다.

사퇴는 받아들여졌고 나는 태연한 얼굴로 입학식에 참가했다. 총대표로 단상에서 신입생 대표 인사를 한 것은 안경을 낀 여학생으로, 두 번째 성적으로 합격한 학생에게 제안이 갔다고 나중에 들었다.

이때 신입생 총대표를 사퇴한 일이 내 인생에 큰 영향을 끼쳤다.

분명 어딘가의 평행세계에는 신입생 총대표를 그대로 받아들인 내가 있을 테다.

그쪽의 나는 과연 행복하게 지내고 있을까.

가끔 괜히 신경 쓰인다.

○

고등학교에서는 친구를 만든다. 나의 그런 소소한 야망은 한 달도 지나지 않아서 실패로 끝났다.

처음에는 노력하려고 했다. 다른 학생에게 적극적으로 말을 걸었고, 되도록 눈에 띄는 행동은 하지 않도록 유의했다.

하지만 이번에도 성적이라는 것이 나를 방해했다.

현에서 최상위권에 속하는 진학 고교이기에 1학년 때의 반은 성적순으로 정해졌다. 나는 제일 성적이 좋은 A반이었는데, 아무래도 노는 것보다 공부 쪽을 중시하는 분위기가 강해서 친구를 사귀는 것보다는 뛰어난 성적을 신경 쓰는 학생이 많은 듯했다. 이럴 거면 더 설렁설렁 공부해서 아랫반으로 들어갈 걸 그랬다고 처음에는 생각했다.

A반에는 여가 시간에도 학원에서 공부나 하는 학생들 천지였다. 태평하게 놀러 가자는 소리를 꺼내면 그건 그것대로 이단시될 것 같은 느낌이 들어 그런 이야기를 꺼내기가 힘들었다. 그러다 결국엔, 공부만 하는 반 친구들을 보며 공부를 안 하는 나보다도 성적이 나쁘다고 생각하게 되었다.

한번 그렇게 생각하게 되면 나머지는 뻔하다. 중학교 시절과 마찬가지로 나는 반 친구들을 속으로 무시하게 되었다. 진지하게 성적으로 경쟁할 마음도 들지 않아서 정기 고사에서는 일부러 나쁜 점수를 받았다. 97점, 89점, 83점, 79점, 73점…… 이런데도 상위권 성적이었으니 허탈할 뿐이었다.

당연하게도 친구 따위가 생길 리 없었다. 학급 안에서는 공부를 우선시하면서도 어느새 사이좋은 그룹이 형성되어

나는 또다시 고립되었다.

　이렇게 내가 중학교 때와 마찬가지로 쉬는 시간에 혼자서 책만 읽어대는 존재가 되었던 어느 여름날의 방과 후.

　이야기는 갑자기 시작됐다.

○

　"고요미."

　맨 처음엔 그것이 내 이름을 부르는 소리라는 사실을 알아차리지 못했다.

　당연했다. 고등학교에 들어온 이후 나는 쭉 혼자서 등하교를 하고 있었고, 학교 행사가 있어서 이야기를 나눠야 할 때는 당연하다는 듯 성인 '다카사키'로 불렸다. 방과 후에 아무 용건도 없이 친하지도 않은 여학생에게 갑자기 이름으로 불리는 것은 내 고등학교 생활에서는 일어날 리가 없는 일이었다.

　그래서 나는 귀에 들어온 그 말을 나와는 아무 관계도 없는 잡담의 일부라고 판단하고 가방을 가지고 교실을 나가려고 했다.

　"잠깐만."

하지만 그렇게 말하며 내 팔을 붙잡자 무시할 수 없었다. 내심 상당히 놀라면서 돌아보았다.

"고요미, 왜 무시하는 거야?"

영문을 알 수 없었다.

내 팔을 잡고 차가운 시선으로 나를 노려보는 것은 반 친구인 다키가와 가즈네였던가 하는 아이였다. 까만 긴 머리카락을 뒤로 질끈 묶고 안경을 쓴 여학생. 성적이 우수한 A반 안에서도 늘 1등을 유지하는 우등생으로 내가 사퇴한 신입생 총대표 역할을 받아들인 학생이기도 했다.

반 친구이기는 했다. 하지만 그녀와 이야기를 나눠본 적은 단 한 번도 없었다. 학급 일이나 위원회에서 함께였던 적도 없고 성으로 불렸던 적도 없었다. 그런데 이름을 그냥 부르다니.

대체 무슨 일이 일어났는지 알 수 없어서 단지 멍하니 그녀의 얼굴을 돌아보았다. 아마도 얼이 빠진 얼굴을 하고 있겠지. 그녀는 인상을 찌푸렸다.

"왜 그런 얼굴을 하는 거야……? 아님 아직 신경 쓰는 거야? 이젠 화 풀렸어."

알 수 없었다. 영문을 전혀 알 수 없었다. 내가 뭘 신경 쓰고 있다는 소리지? 네가 뭐에 화가 풀렸다는 거지? 머릿속이 의문부호로 가득 찼다.

"됐으니 같이 집에 가자. 아직 사과하고 싶으면 받아줄게."

그렇게 말하고 다키가와는 내 손을 잡고 교실에서 나가려고 했다. 여자아이와 손을 잡고 있는데도 기쁘기는커녕 오히려 갈수록 무서워지기 시작했다.

"저기, 다키가와?"

붙잡힌 손을 풀어낼 용기도 없어서 눈앞에 걸어가는 여자아이의 등을 향해 조심스럽게 말을 걸었다.

그러자 다키가와가 걸음을 멈추고 돌아보았다.

"뭐야, 왜 그렇게 불러. 아무리 싸웠다고 해도 그렇게 부르는 건 싫어."

"싸웠다니 그런 적도 없고…… 그럼 뭐라고 부르면 돼?"

"……화났어?"

안 되겠다. 대화가 성립되지 않았다. 어쩌면 이 아이는 공부를 너무 열심히 해서 노이로제에 걸렸을지도 모른다.

나와 다키가와가 나누는 수수께끼 같은 대화는 교실에 남아 있던 반 친구들의 주목을 모으고 있었다. 친구를 만드는 건 이미 포기했지만 나쁜 의미에서 눈에 띄고 싶지는 않았다.

"어쨌거나 손은 좀 놓고 말하는 게……."

다키가와는 의외로 순순히 내 손을 놓아주었다. 표정과는 정반대로 따뜻한 손바닥이 멀어져 가는 것이 한순간 아쉬웠지만 그런 걸 신경 쓸 때가 아니었다.

"다키가와, 무슨 일이야?"

"그건 내가 할 소리야. 고요미, 뭔가 이상해. 확실히 요즘 좀 엇갈리긴 했지만, 이런 방식은 고요미답지가…….."

그렇게까지 말하고 다키가와는 흠칫하고 무언가를 깨달은 듯 눈을 크게 떴다.

그리고 왼쪽 손목에 감긴 손목시계에 시선을 떨어뜨리고 숨을 날카롭게 머금더니 고개를 치켜들었다. 무언가를 말하려고 입을 열었지만 그대로 침묵했다.

"……미안."

5초 정도 침묵한 후 다키가와는 그 말만 하고 달아나다시피 교실을 나갔다.

반 친구들에게 받는 호기심 어린 시선. 아무래도 다들 공부에만 흥미가 있는 건 아닌 모양이다. 이제 와선 아무래도 상관없지만 말이다.

복도에 나가보니 다키가와의 모습은 이미 보이지 않았다.

○

　도도한 우등생, 이라는 별명이 무척이나 잘 어울리는 아이라고 생각한다.

　다키가와 가즈네. 하나로 묶은 까만 머리카락은 허리에 닿을 정도로 길었고 도수가 높은 안경 너머로는 가느다란 눈이 타인을 싸늘하게 거부하고 있었다. 고등학교 생활이 시작되고서부터 약 3개월간 학급 안에서 한 번도 1등을 양보한 적이 없다. 또한 다른 학생과 사이좋게 지내는 모습을 본 적도 없었다.

　그런 다키가와가 어제 벌인 기행은 대체 뭐였을까.

　집에 돌아온 후에 실컷 생각해봤지만, 역시 나한텐 다키가와와 대화를 나눈 기억이 없었다. 그러기는커녕 같은 교실에서 3개월을 보냈지만 시선이 마주친 일조차도 없었다. 당연히 이름으로 불릴 만한 관계도 아니고 더구나 다툴 일도 없었다.

　사람을 잘못 봤나 싶었지만, 다키가와는 틀림없이 '고요미'라고 불렀다. 그것으로 미루어본다면 어제 다키가와는 나한테 말을 건 게 분명하다.

교실 왼쪽 앞자리에 앉아 있던 다키가와에게 슬쩍 시선을 보냈다. 내 자리는 교실 거의 한가운데라서 비스듬히 뒤에서 보는 형태였다. 다키가와는 등줄기를 꼿꼿하게 세우고 칠판 쪽을 향해 눈을 가늘게 뜬 채 수업을 듣고 있었다. 가만히 쳐다보다 알게 된 사실이지만, 다키가와는 필기를 거의 하지 않았다. 가끔 무언가를 메모하는 것 같았지만 칠판의 글자를 옮겨 적는 행동은 기본적으로 하지 않는 모양이었다. 나랑 마찬가지였다.

수업이 끝나고 중간에 10분간 쉬는 시간. 다음 수업 준비를 하면서 다키가와의 모습을 몰래 살폈다. 하지만 다키가와는 내 쪽을 돌아보지도 않았다. 다른 사람이 다가오지 못하게 하는 분위기를 내뿜으면서 수업과 수업 사이의 짧은 시간에 문고본을 읽는 모습은 어제의 일이 꿈이 아니었나 생각하게 했다.

그런 나와 다키가와에게 반 친구들이 이따금 시선을 힐끔힐끔 보냈다. 두 사람이 대체 무슨 관계인지 신경이 쓰이는 모양이었다. 그 사실을 직접 묻지 않는 것은 나한테 친구가 없기 때문이다. 친구가 있었다면 지금쯤 질문 세례를 받고 있을 테니 아이러니하게도 친구가 없다는 사실에 감사했다. 어차피 두 사람의 관계가 제일 궁금한 건 나니까 말이다.

가능성이 있다고 한다면 한 가지 짚이는 데가 없는 건 아니지만.

그런 마음으로 오늘 하루, 다키가와의 모습을 힐끗힐끗 살피면서 보냈다. 하지만 쉬는 시간에도 방과 후에도 결국 다키가와는 나에게 눈길조차 주지 않았다. 집에 돌아갈 때 말을 걸어볼까 했지만, 교실을 나서는 그 뒷모습을 그저 바라보는 수밖에 없었다.

만약 내 예상이 맞다면 그다지 신경 쓰지 않는 편이 좋으려나 생각하면서 현관 신발장을 열자 내 신발 위에 반으로 접힌 종이가 놓여 있었다.

뭘까. 그 자리에서 펼쳐서 내용을 훑어보았다.

다키가와로부터 온 편지였다.

○

"어서 오세요! 혼자 오셨어요?"

"아, 아뇨, 일행이 먼저 와 있을 거예요."

"일행분의 성함은 뭔가요?"

"다키가와예요."

"다키가와 님…… 네, 안내해드리겠습니다. 301호실로 가세요. 이쪽에 엘리베이터가 있습니다."

점원이 안내하는 대로 엘리베이터를 타서 3층 버튼을 눌렀다.

역 앞에서 15분 정도 걸어간 곳에 있는 노래방이었다. 조금 멀고 가격대가 높아서 학생이 그다지 이용하지 않는 가게였다. 공간이 깨끗하고 요리가 상당히 맛있어서 회사원들에게는 인기라고 엄마에게 들었다.

3층에 도착해서 301호실 문을 발견했다.

문손잡이에 손을 갖다 대고 심호흡을 한번 했다. 마음을 굳게 먹고 손잡이를 밀어서 문을 열었다.

하지만 안에는 아무도 없었다.

의자 위에 학교 가방이 놓여 있는 것을 보아 아무래도 와 있는 모양이기는 했다. 화장실에라도 갔나. 왠지 모르게 허탈해졌다. 어쩌지, 앉아서 기다릴까? 아니면 일단 밖으로 나갔다가―.

"다카사키?"

"으앗!"

느닷없이 뒤에서 말을 걸자 놀란 나머지 나는 다리가 꼬여 노래방 부스 안으로 넘어지고 말았다.

"괜찮아?"

다키가와는 딱히 걱정하는 것처럼 들리지 않는 목소리로 말하면서 나를 내려다보았다. 손에 음료가 담긴 컵을 들고 있었다.

"괘, 괜찮아."

"음료를 가지러 갔었어. 무료니까 다카사키도 갔다 오는 게 어때? 컵은 거기에 있는 거 사용해."

말한 대로 음료를 가지러 갔다. 얼음 세 개와 진저에일을 컵에 따라서 방까지 이어지는 짧은 거리를 걸어가며 다시 한 번 마음을 진정시켰다.

어라, 그러고 보니 다키가와, 나를 '다카사키'라고 불렀네. 아니, 그게 당연하지만 어제는 '고요미'라고 불렀으면서.

어쨌거나 다키가와가 불러서 일부러 왔다. 게다가 학생이 거의 오지 않는 장소로. 뭔가 설명은 해줄 테다.

아마도 내 예상대로일 거라고 생각하지만 말이다.

약간의 불안감과 기대감을 품고 문을 다시 밀어젖혔다.

다키가와는 수업 중이나 마찬가지로 등을 꼿꼿하게 세우고 빨대로 홍차인가 뭔가를 마시고 있었다. 나도 건너편 자리에 걸터앉아 진저에일을 한 모금 마셨다. 어색했다. 내가 먼저 입을 열어야 하나. 아니, 다키가와부터 해야 한다고 생각하는데. 설마 정말 노래를 부르기 위해서 나를 부른 건 아니겠지. 하지만 다키가와는 아무 말도 하지 않았다. 나지막한 음량으로 스피커에서 흘러나오는 유행가가 자리를 가까스로 유지해주고 있었다.

그 노래가 끝나자 방이 조용해졌다.

"어젠 미안했어."

표정도 바꾸지 않고 다키가와가 고개를 숙였다.

"아니, 괜찮아. 그건…… 딱히 상관없어."

"놀랐지?"

"응……. 그런데 무슨 일이야?"

다키가와는 물음에 직접 답하지 않고 자신의 손목에 감고 있던 손목시계를 나에게 보여주었다.

"이거, 뭔지 알아?"

"손목시계…… 아냐?"

그렇게 답하면서도 그것이 무엇인지는 예상이 갔다.

자그마한 액정 안의 디지털 숫자. 손목시계라면 두 자리와 두 자리겠지만, 그곳에는 세 자리 숫자가 표시되어 있을 뿐이었다.

"손목시계 아니야. 이건 IP 단말기야. 알지?"

아아. 역시. 예상한 대로였다.

IP 단말기란 몇 년 전부터 급속도로 연구가 진행된 '허질과학'이 만들어낸 성과물이었다. 어떤 세계를 0으로 등록해두고 변동하는 수치를 봄으로써 자신이 지금 0의 세계에서 얼마나 떨어진 평행세계에 와 있는지를 알 수 있는 장치였다. 지금은 아직 시험 단계로 일반인은 사용할 수 없지만 연구와 관련된 사람이나 그 가족 등 아주 소수의 사람들은 모니터로서 그 장치를 장착했다. 나는 가지고 있지 않지만 아빠가 보여준 적이 있었다. 다키가와가 가진 단말기는 그것과 똑같았다.

"응. 일단 알고 있어."

"그래? 그럼 이 숫자의 의미도 알지?"

다키가와가 세 자리 디지털 숫자를 가리켰다. 수치는 085라고 표시되어 있었다. 다시 말하자면.

"어제 다키가와는 85의 평행세계에서 패러렐 시프트해서 왔구나……."

"그래. 지금도 그렇지만. 난 그걸 못 알아차리고 내가 0의 세계에 있다고 생각해서 평소대로 너에게 말을 걸었어."

"그건 네가 사는 0의 세계에선 내가 너랑 말을 터놓고 지낸다는 뜻이야?"

결론은 그렇게 된다. 대체 그 세계의 나와 다키가와에게는 무슨 일이 있었던 걸까?

　"……내가 아는 고요미는 자신을 오레*라고 불러. 85 정도나 시프트하면 역시 변화가 크네."

　고등학교에 입학했을 때 이제부터 일인칭을 '오레'라고 부르기로 정했다. 초반에 아직 친구를 만들려고 노력할 때는 의식해서 '오레'를 사용했지만 결국 전처럼 고립되면서 '보쿠**'로 되돌아와 있었다.

　혹시 85의 세계의 나는 친구를 만드는 데 성공한 걸까. 그래서 일인칭을 '오레'라고 하고 친구에게 이름으로 불리게 된 걸까.

　"저기, 그쪽 0의 세계에서 나랑 다키가와는 친구야?"

　내 질문에 다키가와는 인상을 살짝 찌푸렸다. 표정의 변화를 읽기 힘들었지만, 아마도 조금 불쾌해하는 것 같았다.

　다키가와는 나한테서 시선을 돌리고 작은 목소리로 말했다.

　"일단은 연인이야."

"………………."

지금 다키가와가 뭐라고 한 거지?

나랑 다키가와가 친구냐는 질문에 연인이라고 한 건가?

연인? 연인이 뭐더라……?

"……어? 연인, 이라니……. 나랑 다키가와가? 저기, 연인이라면 즉 그러니까…… 여자 친구랑 남자 친구라는 뜻이야……?"

혼란스러워하면서도 내가 되묻자 다키가와는 가느다란 눈을 더욱 가느다랗게 뜨고 나를 노려보았다. 박력이 상당했지만, 유심히 쳐다보니 귀가 빨개져 있어서 그다지 무섭지는 않았다.

"왠지 짜증나. 내가 아는 고요미랑 완전 달라."

"어쩔 수 없잖아……. 그쪽의 나는 어떤 느낌인데?"

"좀 더 남자다워."

스스로 남자답다고 생각한 적은 없어도 타인의 입에서 그런 소리를 분명하게 들으니 조금 상처받았다.

"……조금 전에도 말했지만 85의 세계라면 성격도 달라지는 게 당연하잖아? 그야 나랑 다키가와가 그…… 그런 관계라는 건 이쪽 세계에서는 말도 안 되고."

"이쪽 세계에선 어떤 관곈데?"

"이야길 나눈 적도 없어. 어제 말을 건 게 처음이야."

"놀랐겠네."

"엄청 놀랐지. IP 단말기를 가지고 있는데 왜 제대로 확인 안 하는 거야?"

"85 정도까지 시프트했을 거라고는 생각지도 못했으니까. 1이나 2 정도라면 늘 시프트하는 편인 데다 거의 변화가 없으니까 딱히 확인은 안 해."

다키가와가 그렇게 말하는 것도 이해하지 못하는 건 아니었다.

최근 몇 년간 허질과학의 진보는 놀라울 정도였고 텔레비전이나 인터넷에서는 연일 허질과학에 대한 새로운 발견이나 학설이 보도되고 있었다. 그렇기 때문에 일반 사회인이나 학생들도 평행세계에 관해 기본적인 개념은 알고 있었다.

세상에는 다수의 평행세계가 존재한다. 그것들은 모두 포개어진 상태로 있으며 늘 흔들리고 있다. 그렇기 때문에 모든 사람들은 1, 2 정도 이웃한 평행세계라면 일상적으로 오가고 있다고 한다. 다만 가까운 평행세계는 원래의 세계와 거의 다를 바가 없기 때문에 자신이 평행세계로 이동했다는 사실을 모른다.

예를 들어 0의 세계에서 책장 제일 위 서랍에 지우개를 넣어뒀다고 하자.

그걸 사용하려고 서랍을 열었는데 어째서인지 그곳에 없다.

어라 이상하다, 확실히 이곳에 넣어뒀을 텐데. 그렇게 생각하면서 두 번째 서랍을 열어봤더니 그곳에 지우개가 있다.

이상하다고 생각하면서도 그것을 사용한다…….

그건 지우개를 넣어둔 후에 가까운 평행세계로 이동했다는 뜻이다. 그 세계가 두 번째 서랍에 지우개를 넣은 세계였다는 거다.

이러한 평행세계 이동을 '패러렐 시프트'라고 부른다. 지금은 착각이나 건망증의 원인 대부분이 이것 때문이 아닌가 여긴다.

그 정도 시프트라면 일상생활에 지장은 없지만, 먼 평행세계로 시프트해 버리면 기억이 크게 어긋나서 마치 이세계로 날아가 버린 것 같은 느낌이 든다고 한다. 다만 그런 원거리 패러렐 시프트가 일어날 가능성은 지극히 낮아서 대부분의 사람은 평행세계의 존재를 실감하지 못한 채 평생을 마친다.

행운인지 불행인지 나는 그 '원거리 패러렐 시프트'를 과거에 딱 한 번 경험한 적이 있다. 할아버지가 세상을 떠났을 때 할아버지가 아직 살아 있는 세계로 건너간 것이다. 그때는 이튿날 아침에 아무 일 없이 원래의 세계로 돌아왔지만, 그건 대체 얼마나 떨어진 세계였을까.

그런 경험이 있었기에 다키가와가 하는 말을 선뜻 믿을 수 있었다.

"어쨌든 이야기는 이해하겠어. 무사히 돌아가면 좋겠네."

"응."

침묵이 흘렀다.

다키가와가 다시 빨대에 입을 갖다 댔기 때문에 나도 진저에일을 벌컥 들이켰다. 얼음이 녹아서 탄산기가 조금 약해진 정도가 내 취향이었다.

잔이 비었는데도 다키가와는 입을 떼려고 하지 않았다.

솔직히 나로서는 무척이나 묻고 싶은 말이 있었다.

그건 바로 85의 세계의 나는 대체 어떻게 해서 다키가와와 사귀게 되었냐는 것이다.

미인이지만 차갑고 어두운 이미지를 가지고 있는 다키가와가 조금 전에 귀를 붉게 물들이면서 연인이라고 말했을 때는 귀엽다고 생각했다. 나도 건전한 남고생인지라 다른 세계의 내가 다키가와와 사귀고 있다면 어쩌면 나한테도 가능성이 있지 않을까 하는 생각을 하게 된다.

하지만 그런 질문을 던질 만큼 나는 뻔뻔하지 않았다.

"그럼 난 갈게."

가방을 가지고 자리에서 일어났다. 어제 벌인 기행의 원인은 알았다. 다키가와도 사과해주었다. 그렇다면 이야기는 여기서 끝이겠지. 분명 조만간 이 다키가와는 자신의 세계로 돌아갈 테고 우리 관계도 여느 때로 돌아간다. 이건 사소한 사고였던 것이다.

문을 열려고 문손잡이에 손을 갖다 댔다.

"잠깐만."

아주 작은 목소리가 뒤에서 들렸다.

그 목소리는 내가 문손잡이를 돌리는 소리와 겹쳐졌다. 확실히 말해서 그 답답한 소리 쪽이 훨씬 컸다.

분명 그것은 '안 들린 척해도 상관없다'라는 다키가와의 의사 표현일 테다. 하지만 나는 손을 멈추고 다시 한 번 문을 닫았다.

솔직히 말하자.

나는 아직 이 사건이 끝나길 바라지 않았다.

"왜?"

천천히 돌아보았다. 다키가와는 내 쪽을 보지 않고 이미 텅 빈 잔의 빨대를 물고 고개를 숙이고 있었다.

"너 일단 다카사키 고요미인 거지?"

일단이고 뭐고 나한테 있어서는 나야말로 다카사키 고요미다.

"응. 그런데?"

"그럼 고요미가 하는 생각을 알겠네?"

"……내가 생각하는 거라면 알지만."

"넌 다카사키 고요미잖아."

"응, 뭐어…… 일단 그렇지."

스스로 일단이라고 말하고 말았다. 한심하기 짝이 없었다.

"그럼 알려줘. 고요미가 무슨 생각을 하는지 잘 모르겠어. 이대로는 머지않아 헤어질지도 몰라……."

그건 무척이나 이상한 상담이었다.

평행세계의 자신의 연인이 평행세계의 자신과 잘되고 있지 않다. 어떻게 하면 좋은가?

그런 걸 어떻게 조언해야 한단 말인가. 이 세계의 나한테는 여자 친구가 생긴 적조차 없는데 말이다.

"최근에 엇갈리는 일이 많아서 다투는 횟수도 잦아졌어."

"저기, 잠깐, 잠깐만."

부끄럽지만 인터넷에서 연애 상담 기사를 읽은 적이 있다. 일부러 찾아 읽은 게 절대 아니라 문득 눈에 들어온 걸 잘못 클릭한 데다 몹시 한가했기 때문에 읽어봤는데, 여자아이가 말할 때 끼어들면 절대로 안 된다고 쓰여 있었다. 하지만 이 경우에는 그런 걸 신경 쓰지 않아도 되겠지. 어차피 상대는 이미 자신과 사귀고 있으니 말이다.

"왜?"

"아니, 잠깐 확인하고 싶은 게 있는데. 넌 다키가와 가즈네지?"

"맞아."

"고등학교 1학년?"

"응."

"내 세계는 지금 7월인 데다 고등학교 생활이 시작된 지 아직 3개월밖에 안 지났는데, 네 세계는?"

"완전 같아. 패러렐 시프트로는 시간은 이동하지 않아. 몰랐어?"

"알고는 있어. 혹시 그쪽 세계에서는 나랑 다키가와가 같은 초등학교나 중학교를 나왔어?"

"아니."

"그럼 고등학교에 들어와서 처음 안 거네?"

"응."

확인하고 싶은 건 전부 확인했다. 그러나 그 점에서 이끌어낸 결론은 전혀 이해할 수 없었다. 아니, 이해는 하지만 납득할 수 없었다. 하고 싶지 않았다. 그야 그 말인 즉.

"알게 된 지 3개월 만에 나랑 연인 사이가 됐고, 최근엔 관계가 잘 안 풀려서 헤어질지도 모른다는 소리야?"

"정확하게는 2개월이야. 사귀기 시작한 건 5월부터니까."

다키가와는 당연하다는 듯 답했다. 고등학생이 하는 연애로서 그건 바람직한 걸까? 내 감각이 어딘가 어긋나 있을 뿐인가?

"저기, 어쩌다 나랑 사귀게 됐는지 물어도 될까?"

묻고 말았다. 이 흐름에서라면 자연스럽다는 느낌이 들었고 85의 평행세계라는 것이 왠지 너무나도 이세계 같아서 아무래도 상관없다는 느낌도 들었기 때문이다.

"이쪽 세계에서는 어떤지 잘 모르지만 입학하자마자 반 친구들이랑 우정을 쌓자는 뜻으로 노래방에 갔어."

"어? 우리 반 애들끼리?"

"응."

"말도 안 돼……."

"물론 전원이 간 건 아니지만, 그래도 절반 정도는 갔어.

나도 일단 갔고 고요미도 갔어. 그런데 시간이 늦어지면서 누군가가 술을 마시기 시작했어. 그래서 성가신 일에 엮이고 싶지 않아 혼자 몰래 빠져나왔지."

주의를 주지도, 함께 어울려 마시지도 않았다. 어쩌면 가장 현명한 대응일지도 몰랐다.

"그러다 번화가에서 혼자 집에 가는데 이상한 사람이랑 시비가 붙었어."

"이상한 사람?"

"더러운 차림을 한 데다 어두운데도 선글라스를 끼고 있었어. 잘은 몰라도 뭔가 사지 않겠냐고 하더라. 끈질기게 따라와도 계속 무시하고 있었는데 느닷없이 팔을 잡고 골목으로 끌고 가려고 하는 거야."

"그거 큰일이었겠네."

이런 지방에도 그런 위험한 녀석이 있구나 하고 나는 그만 와이드쇼라도 보고 있는 기분으로 다키가와의 이야기를 남의 일인 양 맞장구쳤다.

"그걸 구해준 게 고요미였어."

"……뭐?"

고요미, 라는 단어가 무엇을 의미하는지 한순간 이해할 수 없었다.

"내가 소리를 지르려고 하는데 그 전에 골목으로 뛰어 들어오더니 이상한 사람을 걷어차고 내 손을 잡고 달리기 시작하더라. 인적이 많은 아케이드까지 달려와 겨우 조금 숨을 돌리고 나서…… 나 그때 처음으로 그게 고요미란 걸 알아차렸어. 어떻게 알았냐고 물었더니 내가 노래방에서 빠져나가는 걸 알아차리고 이미 어둡고 위험하니 바래다 줘야겠다 싶어서 따라왔다고 하더라. 그러면서 그러길 잘했다고 웃었어."

"그게 누구라고?"

"다카사키 고요미."

"말도 안 되는 거짓말이야……."

85의 세계를 사이에 두고 있다고는 하지만 내가 그렇게 멋진 남자가 될 가능성은 만에 하나라도 없었다. 그런 가능성이 있으면 지금의 내가 너무 비참하지 않은가. 그러니 거짓말이다, 거짓말이라고 말해줘.

"거짓말 아니야."

말해주지 않았다…….

"그게 4월 말 무렵이었어. 그리고 5월 초에 고백했지. 사귀어달라고."

"다키가와가?"

"응."

"누구한테?"

"고요미한테."

알겠다. 그건 이미 평행세계가 아니다. 이세계, 아니 다른 차원의 이야기였다.

"고요미는 알겠다고 대답하고 고개를 끄덕여줬어. 그런데……."

갑자기 다키가와의 목소리가 어두워졌다. 다키가와를 쳐다보자 지금까지 기쁜 듯 남자 친구의 무용담을 이야기하던 얼굴이 완전히 바뀌어서 차분해져 있었다.

그렇지, 다키가와의 말을 떠올렸다. 그렇게 드라마처럼 시작한 두 사람이 지금은 잘되고 있지 않다. 어째서일까? 분명 다카사키 고요미라는 남자의 가면이 벗겨졌겠지. 어쩌다 변덕으로 다키가와를 구했다가 사귀고 나서부터 사실은 한심한 본성이 차례차례 드러난 게 틀림없다. 그거야말로 다카사키 고요미다. 몹시 서글퍼졌다.

"최근에 잘 안되고 있다고 했지? 왜?"

묻고 싶기도, 묻고 싶지 않기도 한 질문이었다. 하지만 묻지 않으면 이야기가 진행되지 않는다.

"……고요미, 다른 여자애랑 노는 거 있지. 왜냐고 물으니 여자 친구가 생겼다고 해서 친구랑 놀지 않는 건 이상한 일이래."

더는 듣기 싫었다. 그건 대체 누구람.

"적어도 둘이서는 놀지 말라니까 고요미는 바람피우는 게 아니래. 고요미는 나랑 사귄다는 걸 상대 여자애한테 확실히 말하고서 그 애랑 노는 거야. 그래서 놀았다는 사실을 나한테도 말하는 거고. 영문을 모르겠어⋯⋯. 숨기는 편이 차라리 이해가 돼."

응. 나도 영문을 모르겠다.

"저기, 너 다카사키 고요미지?"

"⋯⋯응."

"그러니 가르쳐줘. 고요미는 대체 무슨 생각을 하고 있는 거야?"

나도 알고 싶다.

이제 와서 의지할 수 있는 건 인터넷에서 우연히 발견해서 잘못 클릭했다가 엄청나게 한가해서 읽었던 연애 상담 여성편, 〈바람은 남자의 능력〉뿐이었다.

"저기⋯⋯ 아무리 카레를 좋아해도 매일 카레만 먹으면 질린다고 해야 하나⋯⋯. 가끔은 다른 것도 먹고 싶다고 해야 할까⋯⋯. 하지만 제일 좋아하는 건 카레니까 결국 마지막에는 분명 카레로 돌아올 테니 다부지게 기다리는 게 여자의 미덕일 것 같아."

"평범해."

단호하면서도 냉담한 그 시선에 아, 이 아이는 역시 다키가와라고 생각했다. 건너편 세계의 '고요미'가 나라고 믿지 못하는 것과 마찬가지로 눈앞에서 연애 문제로 고민하는 이 여자아이는 정말로 다키가와 가즈네인가 하고 생각하기 시작하던 차였다.

"그런데…… 결국 그런 거려나."

"응?"

"카레. 매일 먹으면 질린다는 거."

"아, 저기…… 동성 친구들이랑도 마찬가지지 않을까."

"응?"

다른 차원의 내가 무슨 생각을 하는지는 상상도 할 수 없었다. 하지만 나도 일단 다카사키 고요미다. 그렇다면 조금은 다키가와를 위로해야 하지 않을까 하는 생각이 들었다.

"저기…… 이야기를 들어보니 그쪽 세계의 나는 사귀지 않아도 평범하게 여자애들이랑 노는가 보네. 동성 친구와 노는 거랑 같은 느낌으로. 다키가와 이외의 여자아이는 다들 그 수준이 아닐까. 넌 여자 친구니까 저기, 여러 가지를 해보고 싶겠지만 다른 애들이랑은 전혀 그런 생각을 안 하니까 반대로 가볍게 놀 수 있다든지 말이야."

필사적으로 생각해낸 것이 이 정도였다.

"……다카사키는 그래?"

나는 친구가 없다, 라고 말하지 못했다.

"응 뭐어, 나는 그런 느낌이려나."

"그렇구나……."

거짓말도 한 가지 방편이라고 해야 할까. 과연 효과가 있을지는 알 수가 없지만 말이다.

다키가와는 나한테서 시선을 돌리더니 아무 말 없이 가만히 있었다. 하지만 텅 빈 잔을 바라보는 표정이 조금 밝아진 것 같은 느낌이 들었다.

나도 가만히 앉아 있었다. 이런 때 스피커에서 사랑 노래라도 들려준다면 센스가 넘치겠지만 흐르는 것은 엔카*였다. 모르는 아저씨가 쉰 목소리로 술이 있으면 그걸로 됐다고 노래하고 있었다. 어른이 부러웠다.

"……먼저 가도 돼."

다키가와의 목소리. 왠지 모르게 여전히 같이 있고 싶은

---

* 일본 트로트

기분이 들었다. 하지만 그 마음을 뿌리치고 자리에서 일어났다. 착각하지 말자. 이 아이는 내 여자 친구가 아니다.

다키가와가 좋아하는 다카사키 고요미는 내가 아니다.

"그럼 먼저 갈게."

"돈은 안 내도 돼. 내가 낼게."

"괜찮아?"

"우리 집 부자거든. 용돈 많이 받아."

"그건 이쪽 세계의 다키가와의 돈이잖아. 사용하지 않는 편이 나을 거야."

"어? 아, 그런가. 그렇게 되나?"

다키가와는 깜박했다는 듯이 눈을 동그랗게 떴다. 귀엽다고 생각하지 않는 편이 낫겠지. 묘한 착각을 조장할지도 모른다.

"다키가와는 어쩔 거야?"

"난 노래 좀 부르다가 가려고."

"흐음, 노래도 부르는구나."

"무슨 소리야. 몇 번이나 같이…… 아."

그쯤에서 다키가와는 왠지 미안하다는 듯이 고개를 숙였다. 그런 얼굴을 하지 않아도 되는데 말이다. 다른 세계의 사람이라고 실감한다면 나는 내 세계로 돌아갈 수 있다.

"……다카사키도 노래 부를래?"

"아니. 난 갈게. 안녕."

다시 무거운 손잡이를 돌렸다.

"고마워, 다카사키."

잠시 발걸음을 멈췄다.

"어쩌면 다시 못 만날지도 모르니까 감사 인사는 확실히 해둘게. 조금 후련해졌어. 고마워."

나는 아무 말도 하지 않고 문을 열고 방을 나가서 문을 닫았다. 내가 한 행동이지만 인생에서 제일 멋진 장면이 아니었을까 하는 생각이 들었다.

○

한껏 폼을 잡고서 이별한 다음 날.

나와 다키가와는 다시 같은 노래방에서 마주하고 있었다.

수업 중에 다키가와를 슬쩍 훔쳐봐도 이 세계의 다키가와인지 85의 세계의 다키가와인지 알 수 없었다. 원래의 세계로 돌아갔는지 신경이 쓰이면서도 말을 걸 용기를 내지 못하고 하교하려고 신발장을 열었더니 다키가와로부터 편지가 또 와 있었다.

두 번째지만 여전히 긴장됐다. 무료 음료로 목을 적시고 우선은 가벼운 인사로 시작해봤다.

"저기, 안녕."

"안녕."

전혀 보람이 없었다. 애초에 이건 어느 쪽 다키가와인 걸까. 이쪽 세계의 다키가와? 아니면 85의 세계의 다키가와? 이렇게 같은 방식으로 불러냈다는 건 아마 후자겠지만 말이다.

"건너편 세계의 다키가와, 맞아?"

"응."

"아직 못 돌아갔구나."

"패러렐 시프트는 세계의 거리랑 시프트의 어려움이 비례한다고 생각해도 되니까. 85나 떨어져 있으면 하루 이틀 만에는 못 돌아가겠지."

처음부터 알고 있었다는 듯한 그 말투에 나는 조금 의문을 품었다.

"그거 알고 있었어?"

"알고 있었는데?"

"그럼 어제 더 이상 못 만난다고 한 말은?"

"못 만날지도 모른다고 말하지 않았어?"

"……말했어."

"기분 나빠하지 마. 못 만날지도 모른다는 건 사실이야. 이런 건 처음이니 언제 돌아갈지 나는 모르잖아. 다만 아직 못 돌아가는구나 싶긴 했어."

일일이 정론으로 답하자 왠지 아무래도 상관없다는 생각이 들었다. 솔직히 말해서 다시 만난 게 조금 기뻤다.

"그런데 왜 또 불렀어?"

"그야 나, 이쪽 세계에서 놀 수 있는 사람이라면 다카사키뿐이니까."

그 말에 조금 두근거렸다.

"놀 거야? 평행세계 이야기를 하는 게 아니라?"

"평행세계 이야기 말이구나. 다카사키, 허질과학에 대해서 잘 알아?"

무엇을 숨기겠는가. 우리 아빠는 허질과학연구소에서 비교적 높은 사람이다. 그런 아빠한테 가끔 이야기를 들었기 때문에 일반 고등학생에 비하면 자세히 안다고 해도 좋을 터였다.

"뭐어, 조금은 알아."

나는 평소 습관대로 겸손을 떨었다. 하지만 평소라면 "딱히 잘 몰라"라고 할 텐데 "조금은 알아"라고 말한 것은 다키가와 정도로 머리가 영리하다면 그 편이 좋을 것 같다고 분위기를 파악했기 때문이다.

"조금이라……. 그럼 허질과학 퀴즈."

느닷없이 무언가가 시작됐다.

"첫 번째 문제. IP 단말기의 IP는 무슨 약자지?"

"저기…… 이매지너리 프린트(Imaginary Print)."

"세모야. 엘리먼츠(Elements)가 빠졌어. 두 번째 문제. 허질 공간은 무엇에 비유되고 있지?"

"바다?"

"동그라미. 세 번째 문제. 허질과학의 제1인자인 여성 교수의 이름은?"

"어? 그건 몰라."

"엑스. 정답은 사토 이토코. 네 번째 문제……."

그날은 계속해서 허질과학에 대한 퀴즈만 풀었다. 그녀는 아무래도 내 지식수준이 마음에 들었는지 출제 내용도 조금 본격적으로 나갔기 때문에 나로서도 조금 재밌었다.

다시 내가 먼저 집으로 돌아갔지만, 이번에는 어제처럼 폼은 잡지 않았다. 어차피 다시 만나게 된다면 창피스러울 뿐일 테니 말이다.

언제 원래의 세계로 돌아갈지 모른다는 이야기 말인데,

결론부터 말하자면 그로부터 약 일주일이 지나서도 다키가와는 85의 세계에서 온 다키가와 그대로였다.

처음에는 언젠가 원래대로 돌아갈 거라며 낙관적이었다. 다키가와는 나를 매일 노래방으로 불러내서 평행세계나 허질과학에 관한 이야기를 나누었다.

IP 단말기 모니터를 하고 있을 정도니 혹시나 싶었지만, 다키가와네 아버지도 허질과학 연구에 종사하고 있는 모양이었다. 물어보니 아빠와 같은 연구소 직원이라는 사실을 알 수 있었다. 부모에게 조금씩 얻은 지식을 서로 공개하면서 평행세계에 대해 이런저런 대수롭지 않은 이야기를 나누는 것은 무척이나 즐거웠다. 설마 동급생과 이런 이야기를 할 수 있는 날이 올 줄이야.

이야기를 나누며 다키가와는 정말로 머리가 좋은 아이라는 사실도 알 수 있었다. 시험 점수뿐만이 아니었다. 나는 이야기할 때 내가 이해한 것을 무의식적으로 생략하는 습관이 있어서 종종 "네 이야기는 설명이 부족하다"라는 소리를 듣는다. 그런 나와 같은 템포로 대화가 이어지는 상대는 동급생 중에 처음이었다.

나와 다키가와의 거리가 더욱 좁혀진 것은 역시 이름을 부르는 방식이 큰 계기가 되었을 것이다.

평행세계에 대해 이야기하던 어느 때였다. 내가 다키가와를 부르는 호칭을 바꾸게 된 건 바로 이 대화 때문이었다.

"……그렇구나. 즉 그쪽 세계의 다키가와는."

"스톱."

"응?"

"일일이 '그쪽 세계의 다키가와'라고 하는 거 짜증나."

다키가와는 생각하는 바를 솔직히 말했다.

나도 딱히 좋아서 그런 호칭으로 부르는 게 아니었다. 하지만 평행세계에 대해서 이야기하는 이상 어떤 세계의 인물인지를 구별하는 것은 상당히 중요하다. 둘 다 '다키가와'라고 불러서는 혼란스러웠다.

"그럼 어떻게 할까? 번호로 부를까?"

"그건 더 싫어. 단순하게 성이랑 이름으로 나눠 부르면 되잖아."

"어?"

"이 세계에서는 다카사키랑 다키가와. 내 세계에서는 고요미랑 가즈네. 실제 호칭이랑 같아서 알기 쉬울 것 같은데."

"가즈네라고 불러도 괜찮아?"

"딱히 상관없어."

그리하여 나는 85의 세계의 나를 '고요미', 85의 세계의 다키가와를 '가즈네'라고 부르기로 했다. 반대로 가즈네는 나를 '다카사키'라고 부르고, 이쪽 세계의 다키가와를 그대로 '다키가와'라고 부른다고 했다. 동급생 여자아이를 이름으로 부르는 것은 뭐랄까, 왜 그런지 몰라도 무척이나 쑥스러웠다.

진지한 이야기를 하는 것뿐만 아니라 가끔은 평범하게 노래를 부르기도 했다. 다키가와, 아니 가즈네는 의외로 노래를 잘 불러서 노래를 잘 부르지 못하는 나를 가차 없이 비평하고 조언을 해주었다. 그런 가즈네에게 가볍게 불평할 정도로 어느새 나는 가즈네와 마음을 터놓고 지내고 있었다.

그러던 어느 날, 우쭐했던 나는 과감하게 이런 질문을 던지고 말았다.

"그럼 가즈네는 고요미가 아니라 나랑도 사귈 수 있어?"

전후의 흐름은 기억에 남아 있지 않다. 아마도 만약 이대로 원래의 세계로 돌아가지 못하면 어쩌나 하는 그런 이야기를 했던 것 같다. 어디까지나 농담 삼아, 결코 진담으로 받아들이지 않도록 넌지시 말하기 위해 고심했다. 그 고심이 통했는지 어쨌는지는 모르지만…… 아마도 헛수고인 모양이었다. 가즈네는 순간적으로 진지한 얼굴을 했다.

"……솔직히 난 다카사키를 남자로서 좋아하진 않아."

"그렇지?"

알고 있었어, 라고. 그 대답을 예상하고 질문했다는 듯이 나는 바로 이어서 말하려고 했다. 상처받은 얼굴을 하면 지는 거다.

하지만 역시 가즈네 쪽이 한 수 위였다.

"하지만 '고요미'를 많이 좋아하니까…… 85만큼이나 떨어진 세계에서라면 내가 '다카사키'를 좋아할 가능성도 있을지 모르겠네. 그럴 마음이 있으면 노력해봐."

그 소리를 듣고 나는 말문이 막혔다.

그 말인즉 가즈네가 아니라 다키가와라면 가능성이 있다는 뜻인가?

다만 그쯤에서 나는 문득 깨달았다.

그러고 보니 나는 가즈네와는 이렇게 이야기를 나누고 있는데 다키가와와는 아직 한 마디도 나눈 적이 없구나.

가즈네가 아닌 다키가와는 대체 어떤 여자아이일까.

○

　토요일과 일요일이 지나서 월요일이었다.

　역시 이제는 원래의 세계로 돌아갔을까 싶었지만 가즈
네는 여전히 가즈네였다.

　"며칠째지?"

　"딱 일주일째야."

　여느 때처럼 노래방에서 서로 마주하고 현재 상황을 보
고했다. 맨 처음에는 바로 돌아갈 것이라고 낙관했던 우리
도 점점 불안해지기 시작했다.

　"이쪽 세계의 아빠한테 살짝 물어봤어. 원거리 시프트에
대해서."

　"뭐라고 하셔?"

　"아무 드물게만 일어나고 아직 확실한 임상사례도 없어
서 자세히는 잘 모른대."

　"그렇구나."

　"이건 아직 공표되지 않은 가설인 모양인데 나이를 먹으
면 먼 세계로 시프트하기 쉬워질 가능성이 있대. 그게 치매
의 원인이 아닌가 하고 생각하는 것 같더라. 근데 그렇다고

해도······.”

“역시 고등학생인 가즈네한테는 상관없겠지.”

“그렇게 바라곤 있어.”

결국 어떻게 하면 좋을지는 전혀 모른다는 뜻이었다.

“한 가지 생각해봤는데 아버지한테 전부 털어놓고 연구실에서 진찰받는 건 어때?”

가즈네는 자신이 원거리 패러렐 시프트를 했다는 사실을 우선 나 이외의 아무에게도 말하지 않은 것 같았다. IP단말기 모니터니까 제일 먼저 보고할 의무가 있을 것 같은데 말이다.

“최후의 수단으로 생각하곤 있어. 하지만 분명 실험쥐가 될걸. 가능하면 이대로 다카사키 이외엔 아무한테도 알리지 않고 자연스럽게 돌아가고 싶어.”

그런 식으로 말하면 나로서도 강하게 말하기 힘들었다. 실험동물 취급을 받고 싶지 않다는 마음도 이해할 수 있었고, ‘다카사키 이외에 아무한테도’라는 말이 조금 기쁘기도 했다.

“오늘 집에 가면 나도 아빠한테 물어볼게. 연구실에서 꽤 높은 사람인 것 같으니까 뭔가 새로운 정보를 얻을 수 있을지도 몰라.”

"부탁이야. 뭐든 좋으니 단서가 필요해."

그날은 노래를 할 마음이 들지 않아서 어두운 분위기로 헤어졌다. 그리고 돌아가서 얼른 아빠한테 전화를 걸었다. 근무 시간도 휴일도 불규칙한 아빠가 전화를 받아줄지 받아주지 않을지는 완전히 도박과 같았지만, 아무래도 오늘은 재수가 좋은 날인 모양이었다.

— 여보세요?

"아빠? 나. 고요미."

— 그래. 무슨 일이니?

아빠를 상대로 형식적인 이야기는 필요하지 않았다. 단도직입적으로 용건을 말했다.

"질문이 있는데 임의의 평행세계로 의도적으로 시프트할 수 있어?"

평행세계를 다루는 여러 작품에는 반드시 그 사이의 이동 수단이 등장한다고 해도 과언이 아니었다. 대규모 설비를 필요로 하는 방법부터 어두운 장소에서 눈을 감고 염원하는 쉬운 방법까지 다양했는데, 평행세계가 실존하는 이상 그런 수단 역시 실재한다고 해도 좋을 터였다. 한 가지라도 그런 수단이 있다면 가즈네를 되돌려 보낼 수 있을지 모른다.

그리고 나는 한 가지 짐작 가는 바가 있었다.

약 5년 전. 할아버지가 돌아가시지 않은 세계로 느닷없이 시프트했을 때 나는 허질과학연구소 내의 한 방에 있던 수수께끼 상자 속으로 이동해 있었다.

지금 생각해보면 그것은 평행세계로 이동하기 위한 장치가 아니었을까?

그때의 일은 아빠에게 비밀로 하고 있으니 캐물을 수는 없지만, 내 상상이 맞다면 뭔가를 가르쳐줄 것이다.

하지만 아빠의 답은 뭔가 확실치 않았다.

— 이론적으로는 가능하다고 할 수 있지. 실제로 우리 연구소에서도 연구 중이긴 해. 하지만 지금은 그 기술을 확립하는 단계까지 도달하지 않았어. 원하는 대로 사용하게 되려면 앞으로 10년은 걸리겠지.

10년. 아무리 그래도 그렇게 기다릴 수는 없었다. 하지만 대답을 듣고 보니 역시 그 상자는 그런 장치일 거라는 생각이 들었다.

이튿날, 적어도 이론적으로는 가능한 것 같다는 사실만이라도 알리자고 생각하면서 얼른 학교로 향했다. 그러다 등교 도중에 우연히 가즈네의 뒷모습을 발견했다.

주변을 확인하자 다행히 반 친구들의 모습이 보이지 않

았기 때문에 달려가서 뒤에서 작게 말을 걸었다.

"가즈네, 안녕."

내 인사에 가즈네는 힘껏 돌아보고 겁에 질린 듯이 뒤로 물러났다.

그 반응만으로도 충분했다.

가즈네는 ─ 아니, 다키가와는 다급히 자신의 손목에 감긴 IP 단말기를 확인했다. 나에겐 보이지 않았지만 아마도 그 숫자는 000이거나 001 등의 작은 숫자일 터였다. 적어도 085가 아닌 건 확실할 테다.

가즈네는 원래의 세계로 돌아간 것이다.

다키가와는 아무 대답도 하지 않고 학교 쪽으로 달려가 버렸다.

평행세계로 이동했을 때는 원래 있던 세계의 자신과 이동한 세계의 자신이 뒤바뀐다. 즉 다키가와는 요 일주일간 85의 세계에서 '고요미'와 함께 보냈다는 것이다.

다키가와는 고요미와 어떤 이야기를 나눴을까?

그리고 지금 나를 어떻게 생각하고 있을까?

그 질문을 하지 않고 모든 것을 끝낼 만큼 나는 어른이 아니었다.

○

　사흘 후, 여느 때의 노래방에서 다키가와를 기다리고 있었다.

　바로 다키가와와 이야기하고 싶었지만 아무리 애를 써도 가즈네가 아닌 다키가와를 불러낼 용기가 나지 않아서 신발장에 편지를 넣어두는 데만 사흘이라는 시간이 걸렸다. 종이에 글자를 써서 신발장에 넣어둔다는 행위는 예상외로 심장에 부담을 주었다. SNS로 다키가와와 연결되어 있었더라면 이런 일을 겪지 않아도 되는데. 가즈네에게 물어둘 걸 그랬다. 아니, 이쪽과 건너편은 ID가 다르려나.

　과연 와줄까. 진저에일을 홀짝홀짝 마시면서 다키가와를 기다렸다. 눈앞에는 빈 잔이 있었다. 점원에게 나중에 한 사람 더 온다고 전해둔 상태였기 때문에 만약 오지 않는다면 상당히 창피스러울 것 같았다. 아마 이미 얼굴도 외워뒀을 테니 분명 차였을 거라고 생각하겠지.

　……그런데 곰곰이 생각해보니 여자가 남자를 독방으로 부르면 쉽게 나올 수 있겠지만, 반대는 부담스럽지 않으려나.

그런 생각을 하고 있는데 방음벽 문손잡이가 묵직한 소리를 내며 돌아갔다.

"…………."

"안녕, 다키가와."

"용건이 뭐죠?"

다키가와의 차가운 시선. 그리고 경어체. 이것이 내가 사는 세계의 다키가와 가즈네인 건가. 내가 상상한 대로가 아닌가. 아무리 애를 써도 가즈네의 모습이 겹쳐져서 위화감을 떨쳐낼 수는 없지만 말이다.

"자아, 앉아. 아, 음료는 무료니까 뭐라도 가져올래?"

"아뇨, 됐어요. 이대로도 괜찮아요."

다키가와는 입구에 선 채로 문은 닫아도 방음벽 문손잡이까지는 잠그지 않고 노골적으로 나를 경계하고 있었다. 그로 미루어본다면 건너편 세계의 '고요미'와 그다지 즐겁게 지내지 못한 거려나? 설마 고요미와 접촉하지 않았을 리는 없겠지만.

점잔을 빼고 있어도 별 수 없다. 나는 단도직입적으로 말을 꺼냈다.

"얼마 전에 일주일 정도 85의 평행세계에 가 있었지?"

"……네."

"그 세계에서 날 만났어?"

"네."

"그렇구나."

의외로 선뜻 인정해주었다. 자아, 지금부터는 어떻게 해야 한담. 나, 어떤 느낌이었어? 이런 질문은 역시 바보스럽지 않을까. 아아, 그건 그렇고 친구도 없던 내가 꽤 편안하게 다키가와에게 말을 걸고 있었다. 이것도 가즈네 덕분일지도 모른다.

"저기."

"응?"

반쯤은 현실도피 한 감각으로 곰곰이 생각하고 있자니 의외로 이번에는 다키가와 쪽에서 말을 걸어왔다.

"건너편 세계의 나를 만났어요?"

다키가와는 시선을 피하면서 망설이는 투로 물었다. 역시 다키가와도 흥미는 있는 모양이었다. 그건 그럴 테다. 어쩌면 고요미에게서 가즈네의 성격을 듣고 나와 같은 생각을 했을지도 모른다.

"응. 매일 여기서 여러 가지 이야기를 했어."

"여러 가지 이야기?"

"평행세계에 대한 이야기라든지, 허질과학에 대한 이야

기라든지. 그냥 노래를 부르기도 했고 그리고⋯⋯ 고요미
랑 가즈네가 최근에 관계가 잘 안 풀린다는 이야기도 했고
말이지."

"가즈네?"

"아⋯⋯ 미, 미안. 일일이 '건너편 세계의 다키가와'라고
부르는 게 성가시니까 가즈네라고 부르라고 하더라고. 불
쾌하다면 관둘게."

"⋯⋯아뇨. 상관없어요."

작게 한숨을 쉬더니 마침내 다키가와는 내 앞에 앉아주
었다. 여전히 문은 잠그지 않은 상태였지만 말이다.

"⋯⋯저기⋯⋯ 어떤 느낌, 이었어요?"

"응?"

"그⋯⋯ 가즈네 말이에요."

역시 다키가와는 나와 눈을 마주치지 않았다. 하지만 분
명 생각하는 것은 나와 마찬가지일 것이다.

다키가와가 고요미와 어떤 이야기를 했는지도 신경 쓰
였지만, 우선은 나부터 이야기했다.

"가즈네는 간단히 말하자면 뭐랄까⋯⋯."

내 뇌리에 가즈네의 모습, 가즈네의 음성, 가즈네의 말
이 선명하게 되살아났다. 단 일주일, 게다가 둘이서 함께

보낸 시간은 하루에 한 시간 정도밖에 안 되는데 무척이나 소중한 추억처럼 남아 있었다.

아아, 어쩌면 나는 가즈네를 ―.

"꽤 영리하고 의외로 밝고 가끔은 짓궂기도 한 데다…… 사랑을 하고 있었어."

"……사랑."

다키가와는 한층 더 깊이 고개를 숙였다. 그 앞머리에 감춰진, 안경 깊숙한 곳에서 대체 어떤 눈을 하고 무슨 생각을 하고 있을까.

나로서는 이미 이 세계의 다키가와보다 85의 세계의 가즈네 쪽이 훨씬 친근한 존재가 되어 있었다.

하지만 내 세계에 있는 사람은 가즈네가 아니라 다키가와다.

"……저기 말이야."

나는 마음을 굳게 먹고 말하기로 했다.

"건너편 세계의 우리가 그런 관계여서 하는 말은 절대 아니지만."

입에서 심장이 튀어나올 것 같았다. 편지를 쓸 때나 그 편지를 신발장에 넣을 때와는 견줄 바가 아니었다. 오늘은 이 말을 하기 위해서 다키가와를 불러냈다.

다키가와는 아무 말도 하지 않고 고개를 숙인 채 내가 이어서 할 말을 기다리고 있었다. 그런데 아무래도 최후의 용기가 나지 않았다. 역시 나는 고요미는 될 수 없나 보다.

그때 문득 가즈네가 했던 말을 떠올렸다.

— 그럴 마음이 있으면 노력해봐.

그래. 노력하자. 노력해보는 거야.

그리고 나는 쥐어짜내듯이 말했다.

"저기…… 나, 나랑…… 친구가 되어주지 않을래?"

말했다.

말하고 말았다.

온몸에서 땀이 뿜어져 나왔다. 얼굴이 급격하게 뜨거워졌다. 좋아한다든가 싫어한다는 감정은 아직 이르다. 사귀는 것은 당치도 않다. 우선은 친구부터…… 단지 그 말만 하는데도 이렇게 심장이 빨리 뛰다니.

다키가와는 어떻게 생각할까? 시선을 힐끗 보내자 여전히 고개를 숙이고 있어서 표정을 전혀 알 수 없었다.

"친구."

고개를 숙인 채 그 대답만 덩그러니 내뱉었다.

역시 무리인 걸까. 나 같은 녀석과는 친구마저도 무리인 걸까? 85나 떨어진 세계에서라면 가능할지도 모른다고 가즈네는 말했는데. 이젠 틀렸다. 이런 긴장된 기분, 견디기 힘들었다. 왠지 울 것 같은 기분이 들어서 말없이 가만히 있는 다키가와를 보고 있는데.

"⋯⋯큭⋯⋯."

그 머리가, 어깨가 조금씩 흔들리기 시작했다.

"큭큭⋯⋯ 큭큭큭⋯⋯ 아하, 아하하하하! 더 이상 못 참겠어, 아하하하하하!"

입을 크게 벌리고 웃기 시작했다.

"다, 다카사키⋯⋯ 이 상황에서 친구? 친구라고?!"

"왜, 왜 그래⋯⋯?"

무슨 일이 일어났는지 알 수 없었다. 가즈네조차 이런 큰 웃음은 터뜨린 적이 없는데 다키가와는 실은 이런 성격인 건가?

"다, 다키가와?"

"아하, 아하하하⋯⋯ 이거, 봐봐."

여전히 작게 웃으면서 다키가와는 손목에 차고 있던 IP 단말기를 보여주었다. 액정에 표시된 디지털 숫자는⋯⋯ 085였다.

"⋯⋯어? 가, 가즈네?!"

그 의미를 이해하고 놀란 내 얼굴을 보고 다시 크게 웃기 시작하는 다키가와…… 아니, 틀렸다. 가즈네, 이 아이는 가즈네다! 사흘 전 아침, 원래의 세계로 돌아간 척해서 나를 속인 것이다!

"속, 속인 거였어?! 원래 세계로 돌아가서 다행이라고 생각했는데!"

아무 말도 하지 않고 네가 사라졌다고 생각했을 때 내가 얼마나 외로웠는데. 너무 한심해 보일 것 같으니 말은 하지 않겠지만.

"저기…… 왜 사흘이나 걸렸어? 설마 친구가 되자고 말하는 데 사흘씩이나 고민한 거야?"

정답이라서 아무 말도 할 수 없었다.

"아하하, 아하하하하…… 못 참겠어, 아이고…… 배야."

배를 움켜잡고 가즈네는 내 잔에 손을 뻗어 조금 남은 진저에일을 단숨에 들이켰다. 여느 때라면 간접 키스라는 생각에 흥분했을지도 모르지만, 지금 나한테는 그런 걸 신경 쓸 여유가 없었다. 잔을 빼앗아 들고 안에 남은 얼음을 와그작와그작 씹어 먹었다. 뺨의 열기가 아주 조금 식었다.

왠지 머릿속이 엉망진창이라서 우선 그 사실을 들키지 않도록(쓸데없는 짓이었지만) 나는 평정을 최대한 가장해서 입을 열었다.

"근데 그럼 아직 원래 세계로 못 돌아간 거야? 역시 걱정이네."

"아…… 저기 다카사키. 봐봐. 이거 보라고."

가즈네는 IP 단말기를 다시 보여주었다. 나를 속인 게 그렇게 재밌나.

"이제 알겠어. 그래 속았어. 몰래 카메라 성공. 이걸로 됐지?"

"그게 아니라."

여전히 집요하게 웃으면서 가즈네는 단말기의 액정 화면에 손을 뻗었다.

그리고.

디지털 숫자로 085라고 표시되어 있던 화면을 손끝으로 싹 벗겨냈다.

"디지털 숫자 스티커. 엄청 리얼해 보이지?"

"……어?"

스티커가 벗겨진 진짜 화면에 표시된 숫자는 000이었다.

머리가 새하얘졌다. 영문을 알 수 없었다. 냉정하게 생각해보면 답은 단순한데 머리가 그것을 이해하려고 하지 않았다.

"처음에 여기서 이야기했을 때 말이야. 다카사키한테 단말기 숫자를 왜 제대로 확인 안 하냐는 질문을 받고서 내가 뭐라고 답했는지 기억해?"

"……1이나 2로 이동하는 건 늘 있는 일이고, 원래 세계와 별반 다르지 않으니까 딱히 확인하지 않게 됐다고."

확실히 그런 말을 했었다.

"저기 말이야, 이 단말기는 모니터 자격으로 대여 받은 거거든? 매일 확인하고 보고하는 게 의무야. 내가 그걸 잊을 리가 없잖아."

"……즉?"

"다시 말해서."

그쯤에서 가즈네는 이제껏 중에서 제일 의기양양한 얼굴을 하고 내막을 공개했다.

"처음부터 난 평행세계에 가지 않았어. 계속 이 세계의 다키가와 가즈네였어. 85의 세계의 '가즈네'는 존재하지 않아."

그렇겠지. 답은 그저 그뿐인 단순한 것이었다.

나를 고요미라고 부른 것. 단말기를 보고 놀란 것. 건너편 세계에서 고요미와 연인 사이였다는 것. 최근에 고요미와 관계가 서먹해졌다는 것.

전부, 전부가 거짓이었다. 가즈네의 연기였던 것이다.

하지만 어째서. 알 수 없는 건 그 이유였다.

"왜 그런 거야?"

간신히 질문을 던졌다. 혼란스러워서 화를 낼 기분도 들지 않았다. 가즈네가 계속 내 세계의 다키가와였다고 한다면 역시 나와 이야기한 적은 한 번도 없을 것이다. 그런데 어째서 나한테 이런 행동을 한 걸까.

내 물음에 가즈네는 입가에서 웃음을 지우고 범행 동기를 한마디로 답했다.

"복수."

"복수?"

"그래. 난 다카사키한테 속았어. 그 복수야."

"……무슨 소린지 전혀 모르겠는데."

맹세하건대 짚이는 데가 전혀 없었다. 나는 변변찮은 인간이지만, 사람을 속인 적은 단 한 번도 없었다. 나는 진심으로 그렇게 생각하고 있었기 때문에 다음으로 가즈네가 한 말의 의미도 바로 이해할 수는 없었다.

"신입생 총대표."

"어?"

"사퇴했잖아?"

"어…… 어떻게 아는 거야?"

"입학식 전에 학교에서 나한테 전화로 신입생 총대표 이야기가 와서 기뻤어. 현 내의 최상위권 고등학교에 수석으

로 입학했다고 해서. 부모님한테도 자랑했어. 엄청 칭찬해
주셨지. 난 자랑스럽게 신입생 총대표를 맡았어."

　—아아.

이제야 알 것 같다.

"그렇지 않다는 걸 알게 된 건 입학식 후였어. 교무실에
서 선생님이 수석이 사퇴해서 곤란하던 차였는데 다행이
라고 이야기하는 걸 우연히 들었거든. 그래서 수석이 누군
지 난 알 권리가 있다고 해서 억지로 이름을 알아냈더니 너
였어."

그렇구나. 그런 거였구나.

"얼마나 분하고 한심한 기분이었는지 알아? 그때 나는
맹세했지. 정기 고사에서는 절대로 너한테 지지 않겠다고.
그런데 넌 어째서인지 몰라도 일부러 나쁜 점수를 받더라고."

"용케도 알아차렸네."

"97점, 89점, 83점, 79점, 73점…… . 점수가 소수잖아. 너
무 알기 쉬워."

"다음엔 다른 룰로 할게."

"어쨌거나 나는 정정당당하게 널 이길 기회조차 얻지 못
했어. 그래서 생각했지. 널 완전 골탕 먹여서 비웃어주자고."

"……특이한 애구나."

"자주 듣는 소리야."

이야기를 듣고서 납득하는 수밖에 없었다.

자력으로 얻어냈다고 생각했던 신입생 총대표 자리. 실은 수석이 사퇴해서 얼떨결에 맡게 된 데다 그 수석에게 시험으로 도전하려고 했더니 정작 수석은 모든 점수를 소수에 맞춰 받는 장난을 치고 있다.

그래. 이건 나도 잘못했다.

하지만 복수를 하기 위해서 이런 기상천외한 깜짝쇼를 고안하고, 약 10일간이나 여배우 못지않은 연기력으로 나를 속인 다키가와 가즈네라는 여자아이.

아, 그래.

역시 나는 분명.

"가즈네."

"왜?"

"나…… 나랑 사귀어줘."

가즈네는 작게 웃었다.

"싫어."

"…………."

"내가 좋아하는 고요미는 좀 더 남자답고 내가 나쁜 사람한테 뒷골목으로 끌려갈 뻔했을 때 달려와서 그 녀석을 걷어차서 구해주는 그런 사람이야."

"⋯⋯⋯⋯."

"그러니까 다카사키는 싫어."

○

뭐어 그리하여.

내가 태어나서 처음으로 한 고백은 멋지게 실패로 돌아갔다.

이것이 나, 다카사키 고요미와 다키가와 가즈네의 — 아니.

내 사랑하는 아내, 다카사키 가즈네와 연인 관계가 시작된 계기였다.

가즈네와의 만남을 계기로 내 인생은 조금씩 달라졌다.

우선 공부에 진심으로 몰두하게 되었다. 정기 고사는 물론, 매주 실시하는 쪽지 시험도 예외가 아니었다. 그때까지만 해도 가즈네가 늘 1등이었지만, 나는 가즈네를 그 자리에서 끌어내렸다. 두 사람 모두 만점으로 비길 때는 있어도 내가 지는 일은 고등학교를 졸업할 때까지 결국 단 한 번도 없었다.

적에게 이기는 일에 수단을 가리지 않는 타입인 가즈네는 하필이면 나한테 공부를 가르쳐달라고 했다. 수업이 끝나면 바로 궁금한 점을 나한테 확인하러 오거나 채점지가 돌아온 날 점심시간에는 내내 무릎을 마주하고 하나하나

검토하는 지경에 이르렀다. 이해한 것을 남에게 설명하는 일에 치명적으로 약했던 나는 그 연습을 하게 된 셈이었다. 독서 시간은 빼앗겼지만 다행이라고 생각했다.

게다가 이러니저러니 해도 가즈네와 이야기할 수 있는 것이 기쁘기도 했다. 차였어도 결국, 나는 가즈네를 계속 좋아했으니 말이다.

그런데 재미있는 일이 벌어진 것은 그때부터였다. 나와 가즈네가 쉬는 시간에 하는 스터디가 반 친구들의 시선에는 '상위권 투톱이 협력해서 학력 향상에 힘쓰고 있는' 것처럼 보였던 것이다. 늘 3등 이하로 만족해야 했던 학력 지상주의 반 친구가 자존심을 꺾고 "자신도 그룹에 끼워달라"라고 말을 꺼낸 것은 그리 머지않은 일이었다.

그리하여 스터디 그룹의 범위는 서서히 넓어져서 우리 A반의 평균점은 자꾸자꾸 올라갔다. 그렇게 되자 여전히 자존심을 꺾지 못하고 스터디에 참가하지 않았던 학생들도 이래서는 안 되겠다며 참가하게 되어 더욱 범위가 넓어져서 또다시 평균점이 올라갔다.

학력 지상주의라고는 하나 우리도 어차피 고등학생이었다. 다들 힘을 합쳐서 결과를 낸 것이 역시 기뻤는지 어느새 A반의 분위기는 화기애애해졌다. 가즈네가 이야기한

거짓말의 세계처럼 시험이 끝나면 마음 맞는 몇몇이 노래
방에도 가게 되어 친구라고 부를 수 있는 상대도 늘었다.

그렇게 되자 비로소 고등학생다워졌다. 공부뿐만 아니
라 오락이나 연애 이야기를 시작하는 사람도 있었다. 그리
고 당연히 나는 이런 질문을 받았다.

너는 대체 다키가와와 어떤 관계냐고.

가즈네는 기본적으로 학교에서 과묵하고 쿨한 '다키가
와' 스타일을 유지하고 있었다. 같은 반 친구를 상대로도
존댓말로 이야기했고 필요 이상의 접촉은 하지 않았다. 하
지만 그런 가즈네가 나에게만큼은 조금 허물없는 태도로
대하고 있다. 나도 반에서 유일하게 그녀를 이름으로 부르
고 있었다. 의심받더라도 어쩔 수 없는 일이라고 생각했다.

하지만 곤란했다. 그렇다고 해서 그 소동을 이야기할 수
도 없었다……. 아니, 솔직히 말해서 이야기하고 싶지 않았
다. 그건 나와 가즈네만의 추억으로 남기고 싶었다.

그래서 어쩔 수 없이 고백했다가 차였다는 사실만 털어
놓았다.

모두에게 있어서 이것은 상당히 충격이었던 모양이다.

그로부터 졸업하기까지 2년간, 다른 코스를 선택해서
다른 반이 된 학생도 있었지만 나는 원래 반 친구들의 전폭

적인 도움을 받아 다양한 상황에서 총 다섯 번 가즈네에게 고백했다. 결과는 하나같이 꽝이었다. 졸업식 때 한 고백은 솔직히 조금 기대했지만, 여느 때의 미소와 함께 "싫어"라는 쌀쌀맞은 대답을 들어야 했다.

그렇게 나와 가즈네는 대학생이 되었다.

○

규슈대학 이학부 허질과학과.

세계에서 처음 허질과학 학과를 설립한 것이 이 대학이었다.

허질과학의 최첨단은 규슈라고 일컬어지고 있었다. 애초에 물질에 대한 '허질'이라는 개념을 제창하고 허질과학이라는 학문을 만들어낸 것은 규슈대 이학부 물리학과의 사토 이토코라는 대학생이었다. 그 여학생은 독일의 대학원에 유학 갔다가 일본으로 돌아와 최단 기간에 박사 과정을 수료하고 고향에서 허질과학연구소를 설립하여 학설의 증명에 몰두했다. 나나 가즈네의 아버지는 사토 교수의 동창으로, 지금은 같은 연구소에서 일하는 연구원이다.

연구가 성과를 거둔 것은 그로부터 약 10년 후, 내가 막 열 살이 된 무렵이었다. 사토 교수는 다시 독일로 건너가 학회에서 허질과학에 따른 평행세계의 실재를 증명했다고 발표했다. 그 발표는 공전의 논쟁을 불러일으켰다. 세계 각지의 학자나 연구 기관이 패러렐 시프트를 확인하기 위해 혹은 부정하기 위해 똘똘 뭉쳤다. 결과적으로 불과 3년 만에 전 세계의 연구 기관은 평행세계의 존재를 인정하게 되었고 허질과학은 학문의 한 분야가 되었다.

이듬해, 규슈대학은 정식으로 이학부 허질과학과를 설립했다. 사토 교수를 비롯한 허질과학연구소 연구원을 강사로 초빙하여 늘 최첨단 강의를 실시했다.

나와 가즈네도 허질과학을 공부하기 위해 그 학과로 진학했다. 둘 다 당연한 듯이 추천을 따냈고 면접도 어떻게든 통과하여 합격한 후에는 고향인 오이타를 떠나 후쿠오카에서 각자 독립생활을 시작했다. 그때 이왕이면 같이 살지 않겠냐고 여섯 번째 고백을 시도했지만, 혼자 살고 싶다는 이유로 거절당했다. 과연 같은 여성에게 여섯 번이나 계속 차인 남자가 존재하긴 할까.

하지만 이 무렵이 되자 나는 이미 절반쯤 뻔뻔스러워져서 가즈네에게 남자 친구가 생길 때까지 끈질기게 계속 고백하자고 생각했다.

하지만 대학교 1학년 여름의 시작.

휴일에 우리 집에 가볍게 놀러 왔던 가즈네는 세상 사는 이야기를 하는 사이에 터무니없는 폭탄을 던졌다.

"아, 맞다. 다카사키한테 부탁할 게 좀 있는데."

"응, 뭔데?"

돈이라도 빌려달라는 건가 싶었던 나는 지갑의 내용물을 멍하니 생각했다.

"나랑 사귀어줄래?"

……자아. 일단 진정하자.

응. 괜찮다. 안 속는다. 사귄다는 건 본래 의미에서 사귄다는 게 아니라 흔히들 말하는 작은 용건을 거들어달라는 그런 뜻이겠지.

"좋아. 쇼핑하는 데 짐이라도 들어달라는 소리야?"

이때 내 발언은 본심 90퍼센트에 기대감 10퍼센트였다.

"아, 그게 아니라. 내 남자 친구가 되어주지 않겠냐고."

응, 괜찮아. 안 속아. 남자 친구라는 건 본래 의미인 남자 친구를 가리키는 게 아니라 동음이의어인 남자 사람 친구를 말하는 거겠지. 즉 그러니까.

……얘가 무슨 소릴 하는 거지?

나는 상당히 혼란스러웠다. 대체 가즈네에게 무슨 일이

있었던 걸까. 또 깜짝쇼인가. 기쁨보다 궁금증이 앞서서 승낙하기보다 먼저 미간을 찌푸리고 말았다.

"왜?"

여성에게 받은 고백에 대한 답으로 거의 최악에 가까운 대답을 해버린 나를 누가 나무라겠는가.

그러나 그에 대한 가즈네의 대답 또한 잔혹했다.

"대학에 들어가니 번호를 묻는 사람이 너무 늘었어. 성가시니까 남자 친구라도 만들까 싶어서. 뭐, 다카사키 정도면 괜찮지 않을까 싶었고."

거의 이런 느낌이었다고 생각한다.

그때의 내 기분을 누가 알아주겠는가. 드디어 내 마음이 이루어졌다는 기쁨과 그건 그렇고 말이 너무 심하지 않은가 하는 화가 솟구쳤다. 두 가지 감정이 뒤섞인 이때의 내 얼굴을, 볼 수 있는 방법이 있다면 부디 한번 보고 싶다.

어쨌거나 나는 바로 대답하지 못하고 여기서 일단 거절하면 재밌지 않을까 하는 생각을 하고 있었다.

하지만 뭐어.

고압적인 고백 후에 가즈네는 얼굴을 돌리고 고개를 숙이고 있었다. 가즈네의 머리카락 사이로 드러난 귀가 새빨개진 것을 보고 귀엽다는 생각이 들었다.

나는 이미 모든 것을 허락하고 말았다.

그리하여 나는 드디어 '다카사키'에서 '고요미'가 되었다.

○

가즈네와 붙었다가 떨어지기를 반복하며 나는 대체로 충실한 대학 생활을 보내고 있었다.

4년 내내 우수한 성적을 계속 유지한 나와 가즈네는 대학원에 진학하는 것을 권유받았으나, 석사학위에도 박사학위에도 흥미가 없었던 데다 짧게는 2년 길게는 5년이란 시간을 공부와 인맥 만들기에 소비하기보다 얼른 현장에서 연구하고 싶다는 마음이 강했다. 우리는 수석과 차석으로 대학을 졸업하자마자 오이타로 돌아갔고 그 실력과 열의를 인정받아 허질과학연구소에 취직했다.

이때 세계는 이미 IP 단말기의 실용화를 코앞에 두고 있었고 일반인 모니터가 폭넓게 공모되던 시기였다. 나도 대학생이 되고 나서는 IP 단말기를 몸에 차고서 일상적으로 평행세계를 이동하며 살고 있다는 사실을 실감하면서 지냈다.

분명 그곳에 넣어두었을 터인 물건이 없어졌을 때 단말

기를 보면 대체로 1~3 범위로 평행세계를 이동해 있었다. 이 평행세계 간의 이동, 즉 패러렐 시프트는 이미 일반인들에게도 당연한 세계의 구조가 되어 있었다.

픽션 속 존재이기만 했던 이 개념을 여전히 받아들이지 못한 사람도 당연히 적지 않았다. 하지만 세상은 그런 사람들을 내버려두고 가차 없이 변해갔다. 변혁을 받아들인 혹은 받아들이려고 노력하는 사람들은 천천히, 그러나 확실히 새로운 세상으로 옮겨가고 있었다.

그런데.

여기서 세계는 당연하게도 하나의 거대한 의문점에 부딪치게 되었다.

즉, 평행세계의 자신은 자신이 맞을까?

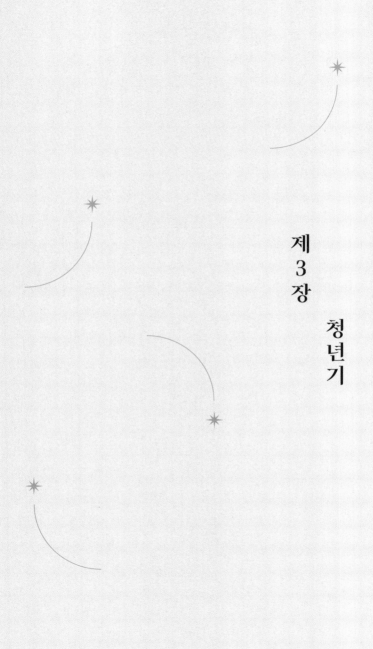

제
3
장　　청
년
기

✳

　약혼반지의 가격이 월급의 3개월분이라는 말은 1970년
대 어딘가의 보석상이 비싼 상품을 팔기 위해 퍼뜨리기 시
작한 모양이었다.

　당시 사회인의 평균 월급이 약 10만 엔이었다. 그 3개월
분이니 30만 엔이 적정 가격이었다고 한다. 그런데 지금은
수입의 평균이 상당히 올랐기 때문에 지금 월급을 기준으
로 한 3개월분이 되면 상당히 고가가 되고 만다. 그러나 그
에 비해 보석의 가격은 그다지 오르지 않았으니 요컨대 약
혼반지는 월급에 상관없이 대개 30만 엔쯤 되는 상품을 고
르면 된다는 것이다.

　월급을 상당히 많이 받는다면 과감히 비싼 반지를 사는

것도 좋을지 모르지만, 안타깝게도 연구직 월급은 그다지 높지 않았고 나도 3년간 일해서 다소 직급은 올랐으나 사치를 부릴 만한 처지는 아니었다.

그래서 이 상황에서는 시세대로 30만 엔짜리로 하기로 했다.

만약을 위해서 현금 50만 엔을 지갑에 넣고(카드 사용은 꺼리는 편이다) 나는 인생에서 처음으로 보석 가게에 와 있었다.

쇼케이스 안에는 반짝반짝 눈부시게 아름다운 보석들이 자리하고 있었다. 예쁘다고는 생각했지만 몇십만 엔이나 내고 싶으냐고 묻는다면 전혀 그러고 싶지 않았다. 다만 약혼반지쯤 되면 그렇게 말할 수 없지 않겠는가.

"뭘 찾으시나요?"

방긋방긋 웃으며 다가온 사람은 나와 딱 비슷한 나이대의 여성 점원이었다. 물건 선택을 점원에게 맡기는 것은 선호하지 않지만 약혼반지를 고르는 기준을 도저히 알 수 없었다. 여기서는 우선 이 점원을 의지해도 괜찮을지 사람 됨됨이를 관찰하기로 했다.

"저기, 약혼반지를 사러⋯⋯."

"어머나! 축하드립니다! 상대는 나이가 어떻게 되시나

요?"

"스물다섯이요."

"사귄 지는 얼마나 되셨고요?"

"벌써…… 7년쯤 될까요."

"그러세요? 오래 사귀셨네요. 멋있으셔라……. 여자 친구분이 부럽네요. 저도 얼른 받고 싶어요."

그렇게 말하며 수줍어하는 얼굴이 의외로 천진난만하고 귀여웠기 때문에 이 점원을 믿고 맡기기로 했다. 내가 너무 단순한 걸까? 어쩌면 이것도 접객 매뉴얼 중 하나일지도 모르지만 일단 불쾌한 기분은 들지 않았으니 받아들이기로 했다.

"저기, 어떤 걸 골라야 할지 전혀 모르겠네요."

"그러시죠? 우선 약혼반지로는 기성품, 세미오더, 풀오더가 있습니다. 기성품은 제일 저렴한 데다 빨리 전달할 수도 있습니다. 세미오더는 몇 가지 디자인이나 소재 중에서 고객님이 자유롭게 선택해서 조합하실 수 있는 타입입니다. 이쪽은 건네기까지 한 달 정도 소요됩니다. 마지막은 풀오더입니다만, 이쪽은 고객님의 희망대로 세상에서 단 하나뿐인 반지를 만드실 수 있습니다. 다만 전달하기까지 두세 달이 걸리고 가격도 제일 비쌉니다."

오더메이드가 그렇게 시간이 걸릴 줄은 생각지도 못했다. 어떻게 할까. 딱히 급하게 프러포즈를 할 생각은 없지만 몇 개월이나 기다리는 건 심장에 좋지 않을 것 같았다. 그것보다 오더메이드라는 선택지는 머릿속에 전혀 없었다.

　"역시 약혼반지는 기성품이면 안 되는 걸까요?"

　"아니요, 그렇지 않습니다. 저희 가게에서 약혼반지를 맞추시는 고객들 절반 정도는 기성품을 선택하십니다."

　"아, 그런가요? 그럼 기성품으로 할까 싶네요. 바로 필요하기도 하고요."

　"네. 실례하지만 예산은 어느 정도 예상하시나요?"

　"일단 30만 엔이요. 조금 넘어도 괜찮습니다."

　"알겠습니다. 여자 친구분의 생일은 어떻게 되시나요?"

　"생일이요? ……3월 25일이에요."

　"3월. 아쿠아마린이네요."

　"그렇다는 말씀은?"

　"약혼반지는 손님들 대부분이 다이아몬드를 선택하시지만, 탄생석을 선택하시는 고객님도 계세요. 3월의 탄생석은 아쿠아마린…… 이쪽입니다."

　점원이 가리킨 보석은 에메랄드색이라고 해야 할까, 오키나와의 바다처럼 산뜻한, 옅은 물색의 보석이었다. 가즈네의 이미지에 제격인 것 같았다.

"스톤에는 저마다 상징하는 의미가 있는데 예를 들어 다이아몬드라면 '순수' '청순' '환희'…… 그리고 '영원한 인연' '사랑의 서약' 등의 의미도 있습니다. 약혼반지로 다이아몬드를 고르는 이유지요."

"그렇군요…… 아쿠아마린은요?"

"아쿠아마린은 '용감' '총명' '침착'…… 그 외에 '행복한 결혼'이나 '부부애'도 있습니다. 이쪽도 딱이네요."

그래. 괜찮은 것 같았다. 용감, 총명, 침착. 바로 가즈네다. 나는 이 아쿠아마린이라는 보석이 마음에 쏙 들었다.

"그럼 아쿠아마린으로 할까 싶네요."

"아쿠아마린 말씀이시죠? 감사합니다. 카탈로그를 가져올 테니 이쪽에 앉아서 잠시 기다리세요. 가게에 없는 물건도 주문하실 수 있거든요."

어딘지 모르게 가벼운 발걸음으로 사라진 점원의 뒷모습을 바라봤다. 나는 의자에 살포시 앉아서 숨을 크게 쉬었다. 반지를 건네기는커녕 사기 전부터 벌써 지쳤다.

그건 그렇고 보석을 설명할 때 점원의 눈이 반짝반짝 빛나고 있었다. 여성은 자신이 가질 물건이 아니더라도 보석을 고를 때만큼은 즐거운가 보다.

가즈네는 어떨까? 생각해보니 지금까지 가즈네가 액세서리를 한 모습을 본 적이 없었다. 귀도 뚫지 않았다. 머리 핀 정도는 했던 것 같지만 말이다.

이 반지를 받고 기뻐해줄까. 받아줄까.

가즈네에게 반지를 건넬 때를 상상하자 너무 긴장돼서 숨이 막혀왔다.

……프러포즈, 어쩌지.

○

반지를 사고 며칠 후, 각오를 다지고 가즈네를 불러냈다.

장소는 그 노래방이었다. 평범하게 생각하면 프러포즈를 하기에는 부적절한 장소일지도 모른다. 하지만 내가 가즈네에게 프러포즈를 한다면 이 장소밖에 없다고 생각했다. 이 장소에서 나는 가즈네에게 사랑에 빠졌으니 말이다.

나는 진저에일을, 가즈네는 홍차를 마셨다. 신기하게도 처음과 똑같은 차를 마시면서 첫 곡으로 뭘 부를지 노래방 단말기를 조작하는 가즈네. 그 눈앞에 아무 말 없이 반지가 담긴 상자를 놓고 뚜껑을 열고서 단도직입적으로 말했다.

"결혼하자."

그 말만 하는 데도 벅찼다.

사실은 좀 더 여러 가지를 생각했다. 학창 시절에 유행하던 노래를 부르고 자연스럽게 추억담을 꺼내고는 그 이후로 여러 가지 일이 있었지만 결국 쭉 함께 있어 왔네, 앞으로도 계속 함께 있어줬으면 좋겠다고 말하는 흐름을 머릿속으로 반복하고 있었다.

하지만 막상 가즈네를 눈앞에 두고 주머니 속의 반지를 꼭 쥐고 나자 더 이상은 무리였다.

머릿속이 새하얘졌고 모든 계획이 날아가 버렸다. 정신을 차려보니 나는 반지를 꺼내서 너무나도 단도직입적인 프러포즈를 하고 있었다.

가즈네는 눈을 동그랗게 뜨고 입을 빼끔 벌리고 있었다. 가즈네답지 않은 얼이 나간 표정이었다.

지금까지 가즈네의 생일 때 몇 번인가 깜짝 파티를 한 적이 있지만, 번번이 들켜서 비웃음만 샀다. 하지만 이번에는 역시 깜짝 놀란 모양이었다. 쭉 보고 싶었던 가즈네의 놀란 얼굴을 드디어 볼 수 있었지만, 나는 그럴 경황이 아니었다.

가즈네가 나를 쳐다봤다. 그 눈을 진지하게 다시 쳐다봤다. 웃을 상황이 아니었다. 눈을 피해서도 안 된다. 벅찬 마음으로 나는 가즈네를 바라보았다.

　고개를 숙인 가즈네는 작은 상자를 손에 들었다. 그 안에 담긴 옅은 물색의 보석이 박힌 반지에 시선을 떨어뜨리고 입을 자그맣게 열었다.

　"이거, 아쿠아마린이야?"

　"응."

　가즈네는 옛날부터 보석이나 액세서리에 관심이 없는 것 같았지만, 보기만 해도 보석의 종류를 알았다는 것은 역시 나름대로 관심이 있다는 뜻이겠지. 황홀하게 반지를 바라보는 눈이 어딘가 조금 촉촉해 보이는 이유는 보석에 대한 관심 때문만은 아닐 거라고 생각하고 싶지만 말이다.

　가즈네는 반지를 바라보며 아무 말도 하지 않았다. 나도 답을 재촉하지 않았다. 이 상황까지 와서 설마 거절당하지는 않을 거라는 자신은 있었다. 우리는 그만한 시간을 함께 보냈다. 하지만 계속 아무 말 없이 있으니 역시 조금 불안해졌다.

　"이거."

　갑자기 가즈네가 반지 상자를 내 쪽으로 돌렸다.

　"끼워줄래?"

　"……응."

나는 가즈네에게 상자를 받아들어 반지를 꺼냈다.

그리고 가즈네의 왼손을 잡고 약지에 반지를 가까이 가져갔다.

가느다란 손끝이 살짝 떨리고 있었다. 가즈네의 얼굴을 슬쩍 훔쳐보니 표정에서는 그다지 변화를 찾아볼 수 없었지만 귀가 빨개져 있었다. 가즈네는 늘 그랬다. 평행세계의 나와 연인이라고 거짓말을 했을 때도, 나한테 사귀어달라고 말했을 때도, 처음 키스를 했을 때도 이렇게 태연한 얼굴인 채로 귀만 빨갛게 물들었다.

바다색의 반지는 가즈네의 손가락에 꼭 맞았다.

"……딱 맞네. 손가락 사이즈 알려줬던가?"

"잘 때 몰래 재봤지."

곁에서 숨소리를 내며 자는 가즈네를 깨우지 않으면서 손가락에 실을 감는 작업은 상당히 스릴 넘치는 체험이었다. 그러나 그 덕분에 이렇게 무사히 반지를 준비할 수 있었다.

가즈네는 자신의 손가락에 꼭 맞는 아쿠아마린 반지를 사랑스럽다는 듯 손끝으로 어루만졌다.

답을 물을 필요도 없을지 모른다. 하지만 역시 나는 답이 듣고 싶었다.

"가즈네."

"응."

내가 이름을 부르자 가즈네는 기쁜 듯 미소 지었다.

"잘 부탁할게."

그렇게 말하고 고개를 깊이 숙였다.

○

나와 가즈네는 이미 양가 부모님에게 인정받은 사이였기 때문에 결혼하겠다고 말하자 "드디어?" 하는 반응이었다. 다만 우리 집도 가즈네 집도 쓸데없이 돈이 좀 있는 편이라서 하마터면 화려한 피로연을 열게 될 뻔했다. 하지만 나도 가즈네도 화려한 것은 꺼리는 편이었기에 양가 부모님을 어떻게든 설득해서 가족들만 모인 조촐한 결혼식을 올리기로 했다. 식 날짜는 대길일. 그런 중요한 날은 신중하게 따지겠다는 생각으로 선택했다.

식장을 정하고 식을 올리기까지 앞으로 반년. 여러모로 소소한 절차를 거쳐 가던 무렵, 우리는 그 문제에 직면했다. 아니, 정확하게 말하자면 '다시 직면했다'가 타당하겠다.

그것은 모든 사람이 일반적으로 평행세계의 존재를 인

지하면서부터 다양한 상황에서 부딪치게 된 문제였다.

제일 처음 그것을 강하게 인식한 것은 내가 대학교 2학년 때였다.

빠른 연생*인 가즈네가 스무 살이 된 것을 축하하는 의미에서 처음으로 술자리를 갖기로 했다. 장소는 당시 혼자 자취하던 우리 집, 참가자는 나와 가즈네 둘뿐이었다.

"생일 축하해."

"고마워."

가즈네가 아담한 홀케이크에 꽂힌 초의 촛불을 불어서 껐다. 어두컴컴해진 방.

나는 불을 켜고 조금 고가의 샴페인 뚜껑을 땄다. 펑 하고 힘차게 날아간 코르크도, 흘러넘치는 거품도 가즈네를 축복하고 있었다.

우리는 둘이서 케이크와 손수 만든 요리를 먹고 명목상 처음으로 술을 마셨다. 둘 다 혼자 살고 있었고 휴대전화도 꺼놓고 있었기 때문에 오늘 밤은 아무에게도 방해받지 않았다.

사귀고는 있지만 아직 관계를 가지지 않은 연인이 자신

＊　일본에서는 1월 1일에서 4월 1일 사이에 태어난 사람이 이에 속한다.

의 집에 묵으러 와서 술을 마신다. 당연하다고 말해도 될지 어떨지는 몰라도 나는 그날 우리 두 사람의 관계를 한 걸음 진전시킬 생각이었다.

분명 가즈네도 처음부터 그럴 셈이었을 테다. 가즈네는 술을 조금 마시고 취한 척하고는 귀를 붉게 물들이고, 몸을 가볍게 미는 내 손에 저항하지 않고 침대에 쓰러졌다.

그런 경험이 서로 처음이었던 우리는 우선 어색하게 손을 잡았다. 나는 조급해지는 마음을 필사적으로 억누르고 옷을 벗기기 전에 가즈네의 뺨이나 목덜미에 키스를 해나갔다.

그리고 왼쪽 손바닥에 키스를 할 때 그것이 내 눈에 들어왔다.

가즈네가 왼쪽 손목에 차고 있던 IP 단말기.

그 수치가 어느새 001이 되어 있었다.

패러렐 시프트.

즉 지금 내 눈앞에 있는 가즈네는 이웃한 평행세계의 가즈네라는 것이다.

그 사실을 알게 된 순간, 내 머리는 새하얘졌다. 가벼운 취기도 성적인 흥미도 완전히 날아갔다. 그리고 처음으로 그 문제를 인식했다.

세상에는 무수한 평행세계가 존재하고, 사람들은 일상에서 의식하지 못한 채 평행세계 사이를 이동해 다닌다. 먼 세계일수록 이동하기 힘들지만, 1~3 범위 정도의 가까운 세계라면 원래 세계와 차이가 거의 없기 때문에 자신이 평행세계로 이동했다는 사실을 알아차리지 못한 채 이동했다가 어느새 원래 세계로 돌아와 있는 일도 종종 있다. 요컨대 이번에도 어느 순간에 가즈네는 이웃한 평행세계로 페러렐 시프트한 것이다.

가까운 세계면 세계일수록 평행세계 간의 차이는 작아진다. 옆 세계의 나와 가즈네도 지금 이렇게 마찬가지로 같은 기분으로 서로를 끌어안고 있을 것이다.

하지만 그렇다고 해서.

나는 이대로 가즈네를 안아도 될까?

지금 내 눈앞에 있는 가즈네는 내 연인인 가즈네일까?

"왜 그래?"

갑자기 굳어진 내 뺨을 가즈네가 손바닥으로 어루만졌다.

나는 아무 말 없이 가즈네의 IP 단말기를 가리켰다.

"아……."

그리고 가즈네도 그 사실을 알아차렸다. 자신이 본래는 옆 세계의 인간이라는 사실을.

"……참고로 그쪽은 어때?"

가즈네의 물음에 내 IP 단말기를 보여주었다. 수치는 000이었다. 나는 시프트하지 않았다.

"그렇구나…… 이건 확실히…… 고민되는 문제네."

나와 마찬가지로 잠시 경직된 후 완전히 평소의 모습으로 돌아온 가즈네는 한숨을 쉬며 침대 위에서 몸을 일으켰다. 나도 그대로 이어갈 마음이 들지 않았다. 옆에 걸터앉아서 마찬가지로 한숨을 한번 쉬었다.

"상황은 거의 마찬가지라고 생각해도 될까?"

"그렇겠지? 스무 살을 축하해서 술을 마시다가 이렇게 됐겠지. 언제 시프트한지는 전혀 모르겠어. 보는 바로는 고요미의 방도 완전히 똑같거든."

"하필이면 이런 타이밍에……."

"왠지 미안하니 사과는 하겠는데 내 탓은 아니야."

"알아. 뭐어, 다음에 기회가 또 있겠지……. 마실래?"

"그러자."

나와 가즈네는 침대에서 테이블로 이동해서 남은 술을 마시기 시작했다. 처음에는 실패할 수도 있다고 들어서 각오는 하고 있었지만, 설마 이런 형태로 실패할 줄은 생각지도 못했다.

그 후 나와 가즈네가 완전히 취하지 않은 채 나눈 대화는 역시 평행세계가 화제였다.

"불과 10년쯤 전에 평행세계는 픽션일 뿐이었는데."

"연구는 더 이전부터 하고 있었지만 말이지. 세간이 인지하기 시작한 건 그때쯤인가."

"그럼 그 전 사람들은 이런 일이 있어도 알아차리지 못한 채 옆 세계 연인을 안기도 했으려나."

"그렇겠지, 분명. IP 단말기가 없었더라면 우리도…… 아니 만약 처음부터 서로 옷을 벗고 단말기를 풀고 있었더라면 못 알아차렸으려나."

"그렇게 생각하니 조금 섬뜩하네."

"응. 그런데 실제로 바로 옆 세계라면 동일인물이나 마찬가지긴 해."

"평행세계의 자신이 동일인물이라고 생각해?"

"기본적으로는 그렇다고 생각하지만…… 그치만 만약 100이라든지 200쯤 되는 건너편 세계에서는 내가 살인귀일지도 모르잖아. 그런 건 역시 동일인물이라고 생각하고 싶진 않아."

"근데 그것도 같은 평행세계잖아. 어디까지 선을 그어야 할까?"

"논리적으로 생각해보면 그런 선 따위 없겠지."

"아무리 달라도 평행세계의 자신은 전부 자신이라는 소리야?"

"논리적으로 생각한다면 말이지."

"……그럼 왜 날 안지 않았어?"

어째서. 그 대답은 간단했다.

"논리적으로 생각할 수 없으니까. 내 세계의 가즈네는 지금 네 세계의 나와 이렇게 이야기하고 있을 거야. 분명 거의 같은 기분으로 거의 같은 이야기를 하고 있을 거라고 생각해. 하지만 평행세계의 내가 이 세계의 가즈네를 안는다고 생각하면 질투가 나서 미칠 것 같아."

설령 평행세계의 자신이라고 해도 내 세계의 가즈네가 그 녀석에게 안긴다는 상상은 하고 싶지 않았다. 내가 눈앞의 가즈네를 안는다면 분명 옆 세계에서도 같은 일이 벌어진다. 그래서 내 손이 아무래도 멈추고 만 것이다.

"……아아. 응. 이해할 것 같아."

가즈네도 같은 생각을 한 것 같았다. 복잡한 표정으로 술을 한 모금 마셨다. 술에 약한 가즈네는 맨 처음 한 잔만 샴페인을 마시고 지금은 알코올 도수가 3퍼센트 정도인 캔 칵테일을 마시고 있었다.

"평행세계물 많이 봤잖아."

갑자기 화제가 전환되었다. 아니, 전환되지 않은 건가? 우선 고개를 끄덕였다.

내가 태어나기 조금 전 시대에는 평행세계물이 유행한 모양인지 만화나 소설, 드라마나 영화가 많이 있었다. 현실의 허질과학을 확립시킨 사토 교수는 그들 작품에서 큰 영감을 받았다고 공언했으며, 자신이 발견하고 제창한 현상의 이름에 그 작품들에서 사용된 고유명사를 인용했다. 따라서 우리도 공부의 일환으로 유명한 작품은 대강 훑어본 바였다.

"그런 작품들 대부분 주인공이 몇 번이나 과거로 돌아가서 자신이 바라는 미래로 바꾸잖아. 생각해봤는데 그건 주인공이 자신이 바라지 않는 평행세계를 제멋대로 부정한다는 거겠지? 그 세계도 나름대로 자신이 아닌 자신이 살아가면서 만들어온 세곈데."

"평행세계를 해석하는 방식이 다양했으니까. 그치만 실제로 평행세계가 이렇다는 사실을 알게 되면 이제 그런 작품은 못 만들지 않을까."

"실제론 과거로 못 돌아가니까. 어떤 일에 실패해서 되돌리고 싶으면 실패하지 않은 먼 평행세계로 가는 수밖에 없겠지?"

"그거, 자신의 실패를 그 세계에서 성공한 자신에게 강요하는 셈이야."

"우리 연구가 진행되면 언젠가 가능할지도 몰라."

"그러니 법 정비가 필요하지. 지금도 선배들이 힘쓰고 있잖아."

"법 정비 말이구나. 예를 들어 내가 이 세계에서 범죄를 저지르면 원래의 세계로 돌아갔을 때 누가 심판을 받게 되는가 하는 거지?"

"바로 옆 세계라면 거의 확실히 두 세계 모두 같은 범죄를 저질렀겠지. 그런데 10이나 20쯤 건너뛰면 알 수 없어지잖아. 100이나 200쯤이 되면 전혀 기억에도 없는 살인죄를 뒤집어쓰고 있을지도 몰라."

"100 정도나 시프트하다니 자연적으로는 일어날 것 같지 않긴 해……. 앗!"

이야기가 점점 궤도를 벗어나다가 완전히 평소와 같은 잡담을 나누던 때였다. 가즈네가 내게 시선을 고정한 채 테이블 위로 손을 뻗었다. 그 손이 뚜껑을 따놓은 캔에 닿아 캔이 바닥으로 떨어져 술이 흘러내리고 말았다.

"아, 미안!"

"아냐, 괜찮아."

웃으며 티슈로 술을 닦는 나를 곁눈질하며 가즈네는 아무래도 납득이 가지 않는다는 표정으로 고개를 갸웃거리고 있었다.

"으응? 이런 곳에 놔뒀던가…… 아."

문득 가즈네가 자신의 IP 단말기에 시선을 떨어뜨리고 말을 멈추었다.

"왜 그래?"

내 물음에 아무 말 없이 단말기를 보여주었다.

수치는 어느새 000으로 돌아와 있었다.

"아…… 잘 다녀왔어?"

"잘 다녀왔어. 역시 전혀 눈치 못 채겠네."

눈으로 봐도, 대화 내용을 되짚어 봐도 대체 언제 가즈네가 돌아왔는지 전혀 알 수 없었다. 분명 옆 세계에서는 가즈네가 아주 조금 다른 장소에 캔을 놓아뒀을 테다. 언제 돌아왔는지는 모르지만 가즈네가 그 사실을 알아차리지 못했다는 것은 역시 거의 같은 대화를 나누고 있었다는 뜻이다. 근거리 패러렐 시프트는 일상생활에서 이런 사소한 실수를 조금씩 유발시킨다.

젖어버린 바닥 청소를 마치고 나와 가즈네는 다시 서로

를 마주봤다.

"돌아왔는데 하던 거 계속할까?"

"왠지 그런 분위기가 아닌 것 같은데."

그렇게 말하고 서로 쓴웃음을 지었다. 이렇게 우리의 첫 경험은 실패로 끝났다.

그로부터 한 달도 지나지 않아 이번에는 제대로 관계를 가졌지만, 그때는 옷은 벗어도 단말기는 찬 채 수치가 변하지 않았는지를 확인해가며 불안하게 첫 경험을 치렀다.

이게 허질과학이 세상에 가져온 큰 의문 중 하나다.

즉 평행세계의 자신은 자신과 동일인물일까?

이 문제에 세상은 지금도 답을 내리지 못하고 있다.

○

우리가 이 문제에 다시 직면한 것은 결혼식을 두 달 앞둔 어느 날이었다.

내 품 안에서 반쯤 잠든 눈을 하고 있던 가즈네가 불쑥 말했다.

"저기, 고요미. 우리 정말 결혼할 수 있을까?"

"왜?"

"만약 결혼식 날 둘 중 한 사람이 패러렐 시프트하면 어떻게 해? 그대로 평행세계의 상대와 결혼해도 될까? 아니면 식을 중지시킬 거야?"

일종의 매리지 블루*가 아닐까 싶었다. 나도 그 생각을 하지 않은 건 아니지만, 고민한다 해도 어쩔 수 없다고 판단했다. 될 대로 되겠지 하고 근거 없는 낙관을 하기도 했고, 지금 고민하다 보면 나는 나대로 노이로제에 걸리게 될지도 몰랐다. 어쩌면 굳이 생각하지 않도록 애쓰고 있었을지도 모른다.

하지만 가즈네가 갈등하는 모습을 보자 점점 불안해지기 시작했다. 만약 정말로 그렇게 된다면 대체 어떻게 해야 좋을까?

고민에 답을 내지 못한 내가 떠올린 것은 아버지의 연구였다.

나와 가즈네가 연구원으로 일하는 허질과학연구소에서는 부문마다 소수 인원으로 팀이 나눠져 저마다 다른 연구를 진행하고 있었다.

그리고 아버지가 지금 연구하고 있는 것이 IP 고정화였다.

---

* 결혼 전 겪는 불안한 정신 상태.

허질과학의 기본 개념은 물질 공간에 상대되는 '허질 공간'이라는 개념상의 공간을 상정하는 데에서 시작된다. 허질 공간은 허질 소자라고 불리는 양자로 가득 차 있고, 이 양자의 변화가 물질세계의 소립자를 형성한다. 그 변화의 차이가 곧 평행세계를 만든다고 알려져 있다.

각 세계에서 변화한 허질 소자가 그린 무늬를 '허질문(Imaginary Elements Print)', 통칭 IP라고 불렀다. 그것을 측정하여 두 세계의 IP 차이를 수치화하는 장치가 IP 단말기인데, 실제로 측정하는 것은 물질로 나타난 소립자의 상태라서 정확하게는 허질 소자를 그대로 측정하는 것이 아니다. 허질 공간의 관측은 여전히 실현되지 않았기 때문에 물질 공간에서 유사하게 관측하는 것에 지나지 않았다.

IP 고정화는 허질 공간에 포개진 허질 소자를 관측하고 양자의 상태를 확정시켜서 흔들림을 제거하는 연구다. 이것이 실현되면 관측 중에는 패러렐 시프트가 일어나지 않을 것이라고 예상하고 있었다. 기술적인 문제는 인간이 관측할 수 없는 허질 공간의 소자를 어떻게 관측하느냐는 점이었다. 아버지의 연구 중에서도 특히 중요한 것이 그것이었다.

만약 그 연구가 실현되면 식을 올리는 날만이라도 나와

가즈네의 IP를 고정시키고 패러렐 시프트가 일어나지 않도록 해서 결혼식을 끝낼 수 있을 테다. 원래 이 연구는 그런 중요한 때와 앞으로 문제가 될 '범죄자가 평행세계로 도피하는 사태'를 방지하기 위한 것이었다.

기본적으로 연구 내용은 같은 연구소 내의 동료에게도 어느 정도 성과가 보일 때까지는 비밀로 부치는 것이 통례다. 하지만 아버지는 나와 둘이서 이야기할 때 그만 내용을 누설하고 말았다. 다른 사람에게는 말하지 않겠다고 약속했기 때문에 가즈네에게는 아직 말하지 않았지만 다름 아닌 아버지 본인에게 상담하는 것 정도라면 허용될 듯했다.

그리하여 나는 휴일에 아버지와 둘이서 아무도 없는 연구실에 방문하여 가즈네와의 일을 상담했다.

아버지는 IP 고정화는 아직 실현 단계에 이르지 못했으며, 실현된다고 하더라고 미지의 요인이 너무 많아서 다양한 위험이 예상되기 때문에 인간을 상대로 사용하는 것은 먼 훗날의 일이 될 것이라고 언급한 다음에 평행세계에 대한 생각을 이야기해주었다.

"고요미, 나는 말이야. 어쩌면 이 연구는 관두는 편이 좋지 않을까 싶어."

"응, 왜?"

연구밖에 모르는 아버지가 설마 그런 말을 꺼낼 줄은 몰랐다. 그런 만큼 IP 고정화라는 것이 특수하다는 생각이 들었다.

"애초에 평행세계라는 게 뭐라고 생각하니?"

"뭐라니…… . 과거에서 갈라져 나온 다른 세계?"

"그래. 과거에서 갈라져 나온 다른 세계. 즉, 실현된 가능성의 세계지."

"실현된 가능성의 세계…… ."

"예를 들어 네가 오늘 아침에 주먹밥을 먹을지 빵을 먹을지 고민했다고 치자. 주먹밥을 선택한 게 이 세계라고 한다면 빵을 선택한 건 평행세계지. 평행세계라는 건 이 세계에서 선택하지 않은 모든 가능성의 세계야."

주먹밥을 먹는 자신과 빵을 먹는 자신을 상상했다. 그 세계는 둘 다 존재하고 있으며 자신은 그중 한 세계에 있다.

"그럼 IP 고정화라는 게 뭔지 생각해보자. 그건 주먹밥을 먹을지 빵을 먹을지 고민하는 너한테서 빵을 빼앗고 강제적으로 주먹밥을 선택하게 하는 거 아닐까?"

그렇구나. 그런 건 왠지 시시하고 어쩐지 손해를 보는 듯한 느낌이 들었다. 선택한다는 것은 그 자체만으로도 대단한 행위이다.

"어느 쪽이냐를 고민해서 주먹밥을 선택하는 것과 주먹밥밖에 없어서 주먹밥을 먹는 것. 결과는 같아 보일지 모르지만, 전자의 경우에는 주먹밥을 먹는 자신도 빵을 먹는 자신도 모두 생성되는 데 비해 후자의 경우엔 주먹밥을 먹는 자신밖에 생성되지 않지…… 않을까?"

주먹밥과 빵으로 알기 쉽게 예를 든 이야기를 다시 한번 처음의 말로 바꿔보았다. 알기 쉬운 것은 좋지만, 아무래도 긴장감이 없었다. 하지만 나는 진지하게 답했다.

"평행세계는 가능성의 세계. 하지만 IP 고정화는 가능성을 지우니까 생성되었어야 할 평행세계가 생성되지 않는다는 이야기지?"

"그래. 주먹밥을 꼭 먹고 싶은 자신의 고집 때문에 빵이 먹고 싶었던 자신을 제거한다……. IP 고정화는 그런 게 아닐까 하는 생각이 들어."

"무슨 뜻인지는 알겠어."

하지만 이것은 주먹밥인지 빵인지를 고르는 수준의 이야기가 아니라 결혼이라는, 평생에 한 번 있을 중대한 이벤트 이야기다. 만약 아버지가 하는 말이 타당하다고 한다면 이번에 IP 고정화로 지워질 가능성은 나와 가즈네가 결혼하지 않을 가능성이다. 그런 가능성이라면 얼마든지 지워

달라고 하고 싶었다.

내가 그렇게 말하자 아버지는 잠시 곰곰이 생각하더니 입을 열었다.

"내가 너희 엄마와 결혼했을 때, 아직 이 세계에 IP 단말기라는 물건은 존재하지 않았어."

IP 단말기는커녕 어쩌면 허질과학이라는 학문 자체가 아직 존재하지 않지 않았을까. 평행세계가 완전히 픽션이었던 시대 말이다.

"그러니 어쩌면 나와 결혼식을 올린 엄마는 평행세계의 엄마였을지도 몰라. 그렇다 해도 난 전혀 후회하지 않아. 왜냐하면 나는 분명히 엄마를 사랑했으니까."

사랑. 그런 말을 태연하게 입에 올리는 아버지를 나는 의아하게도 이상하거나 부끄럽다고 생각하지 않았다.

"이혼은 했지만 나는 지금도 엄마를 사랑해. 그게 평행세계의 엄마든 아니든 말이지. 다시 말해 내가 엄마의 모든 가능성을 사랑하고 있다는 거야."

"……모든 가능성을 사랑한다."

"그래. 그게 가능하다면 IP 고정화 따윈 필요하지 않아. 당당하게 결혼하면 돼."

"……무슨 뜻인지는 알겠어."

나는 다시 한 번 더 말을 꺼내려다가 침묵했다.

가즈네의 가능성 전부를 사랑한다. 평행세계의 가즈네도 포함해서. 그것이 가능하다면 결혼식 날에 상대의 IP가 벗어나 있어도 문제는 없다. 왜냐하면 평행세계의 가즈네도 틀림없이 나를 사랑하는 가즈네이기 때문이다. 요컨대 아버지는 평행세계의 자신도 자신과 동일인물이라고 말하는 걸 테다.

그 사고방식은 이해한다. 나는 지금이라면 어쩌면 평행세계의 가즈네도 사랑할 수 있다고 생각한다. 지금까지 몇 번인가 패러렐 시프트를 경험했지만 어떤 세계에서도 가즈네는 가즈네였다.

하지만 문제는 그 반대다.

즉 0의 세계에 사는 가즈네가 평행세계의 나에게 사랑받는 것을 받아들일 수 있을까.

상당히 이기적인 고민이다. 간단히 바꿔 말하면 자신이 바람을 피우는 것은 괜찮지만, 가즈네가 바람을 피우는 것은 용납할 수 없다는 것이니 말이다. 바람 상대가 평행세계의 자신인 상황인데도.

잠자코 있는 나를 아버지도 잠시 가만히 지켜봐주었다. 하지만 너무 긴 침묵에 견디다 못했는지 아버지는 한 가지

제안을 해왔다.

"그럼 시험해볼래?"

"시험하다니?"

"아. 실은 지금 소장이 주도하는 연구 팀에서, IP를 바꿔서 임의의 평행세계로 시프트하는 연구가 실험 레벨에서 성과를 올리고 있거든."

드디어 해냈구나, 하고 나는 아버지의 말에 가슴이 설레었다.

고등학교 시절. 먼 평행세계에서 왔다고 — 거짓말을 — 했던 가즈네를 원래의 세계로 돌려보내기 위해 그런 게 가능한지 아버지에게 물었을 때 아버지는 "이론적으로는 가능하지만, 실현하려면 10년은 걸린다"라는 말을 했다.

그로부터 10년. 그것이 정말로 실현되려고 하는 것이다.

"이 기술 '옵셔널 시프트'가 완성되면 먼 평행세계에서 온 인간을 0의 세계로 되돌려 보내는 게 가능해질 거라 예상하고 있어. 물론 그 반대도 가능하지. 실제로 물질이나 동물을 이용한 실험은 몇 번이나 성공했고 나머지는 임상 실험만 하면 되는 단계까지 와 있어."

임상 실험. 아버지가 무슨 말을 하려고 하는지 나는 왠지 알 것 같았다.

"임상 실험에는 몇 가지 장애물이 있지. 우선은 후생노동성 임상실험심사위원회에서 인가를 받아야 해. 그러기 위해서는 윤리적인 측면이나 안전 문제를 해결해서 보고하는 것이 대전제인데, 실제로는 그 문제들을 해결하기 위해서 임상 실험이 필요하다는 본말이 전도된 상황도 드물지 않아. 어떻게든 그럴싸하게 조작해서 실험을 개시한다고 해도 그다음에는 위원회에서 정기적으로 심사를 받아야 해서 원하는 대로 실험을 할 수가 없어."

비단 과학에서뿐만 아니라 어느 분야에서든 임상 실험이 여러 의미에서 장벽이라는 이야기는 자주 들었다. 그 장벽을 뛰어 넘는 수단에 관해서도 여러 이야기를 들었지만.

"큰 소리로 말할 순 없지만…… 이런 연구소에서 흔히 하는 게 연구소 내의 사람으로 몰래 사전에 임상 실험을 하는 거지."

미인가(未認可) 연구소 내 임상 실험. 사실대로 말하자면 극비 인체 실험이다.

"물론 안전은 최대한 배려할 거야. 실제 심사를 상정해서 사전 고지에 입각한 동의를 얻고, 피험자에게는 테스트의 개요나 위험성을 전부 전달해서 결코 강제적으로는 하지 않을 거야. 그 사전 테스트로 안전성을 확인할 수 있으면 정식 인가를 받을 수 있는 지름길이 되겠지."

요컨대 아버지는 나에게 대상 IP를 바꿔서 임의의 평행
세계로 시프트하는 '옵셔널 시프트' 임상 실험에 참가해보
지 않겠냐고 말하고 있는 것이다.

"처음에는 바로 옆 세계부터야. 일상적으로 시프트하는
세계이기도 하고, 애초에 바로 옆 세계면 거의 확실히 같은
행동을 하고 있으니 교대로 이 세계에 온 피험자도 같은 실
험을 하고 있을 가능성이 지극히 높아. 그렇게 되면 설명을
해야 하는 수고도 덜 수 있고 송환도 수월하게 가능하겠지."

평행세계의 자신과 납득이 끝난 상태로 세계를 교환한
다. 이 실험이 성공한다면 터무니없는 부차 효과를 기대할
수 있었다.

"물론 이건 업무의 일환이야. 시프트한 곳에서도 연구자
로서 그 실험에 임할 의무가 있어. 실험이 잘 되면 서서히
먼 세계로 시프트해서 각각의 세계에 있는 지식이나 기술
을 교환하는 거야. 허질과학뿐만 아니라 다른 분야에서도
인류가 새로운 비약적인 발전을 이룰 수 있지 않을까 기대
하고 있지."

상상하는 것만으로도 정신이 아득해질 정도의 혜택이다.

"그런데 말이지. 그 업무를 하는 중에도 당연하지만 여

유는 있어. 우리도 딱히 하루 종일 연구실에 틀어박힌 채 연구만 하는 건 아니니까."

"그런 날도 꽤 있긴 하지."

"……가끔씩이야. 어쨌거나 옵셔널 시프트로 평행세계로 건너가서 짬이 날 때마다 그 세계의 다키가와를 사랑할 수 있는지, 그리고 이 세계의 다키가와가 너를 대신해서 건너온 또 다른 고요미를 사랑할 수 있는지 봐. 자신이 아닌 자신이 자신의 연인을 사랑하고 연인에게 사랑받는 걸 받아들일 수 있는지…… 그런 걸 시험해보면 어떻겠니?"

그것이 아버지의 제안이었다.

가즈네에게 그 제안을 전한 결과 둘이서 실험에 참가하기로 했다.

서로의 가능성 전부를 사랑할 수 있을지. 사랑받는 것을 받아들일 수 있을지. 그것을 확인하기 위해서.

우리는 며칠 후 아직 발을 들인 적 없는 연구실로 안내받았다.

실내에는 사람 한 사람이 가로누울 수 있는 사이즈의 캡슐 하나가 놓여 있었다. 이것이 옵셔널 시프트를 일으키는 자기장 발생 장치였다.

"역시……."

무심코 그렇게 중얼거렸다.

그 캡슐은 틀림없이 내가 어릴 적에 할아버지가 살아 있
는 세계로 시프트했을 때 들어갔던 상자였다. 물론 그때와
완전히 같은 물건은 아니겠지만 이렇게 다시 접하자 감회
가 새로웠다.

허질과학의 일등 공신이자 이 연구소의 설립자인 사토
이토코 소장은 이 캡슐을 '아인즈바하의 요람'이라고 부르
는 모양이지만, 다른 연구소 직원들은 단순히 'IP 캡슐'이
라고 불렀다. 소장이 오랜 창작물에서 인용한 명칭을 붙이
고 직원들이 다른 이름으로 부르는 일은 비교적 흔했다.

소장이 직접 실험의 개요를 설명했다.

"우선 피험자는 이 아인즈바하의 요람에 들어갑니다. 그
러면 외부에서 조작해 캡슐 내에 자기장을 발생시킵니다.
이 자기장이 피험자를 구성하는 소립자의 회전 방향을 강
제로 바꿈으로써 IP를 교체해서 그 IP의 세계로 페러렐 시
프트를 일으키지요. 간단히 말하면 그런 구조입니다. 자기
장이 인체에 끼치는 악영향이라든지 그렇게 이동한 세계
에서 0의 세계로 제대로 귀환할 수 있는지 문제를 해결하
는 것이 정식 인가를 받는 길입니다."

"캡슐…… 요람은 이거 하나밖에 없나요?"

"이런 걸 그리 쉽게 몇 개씩이나 만들 순 없죠. 돈이 얼마나 들 것 같다고 생각하죠?"

분명 내가 상상하는 것보다도 몇 자리가 많은 것만은 틀림없다.

"그럼 누구부터 먼저 갈래요?"

"저부터 가겠습니다."

망설이지 않고 나서자 가즈네가 걱정스럽게 내 손을 잡았다.

나는 가즈네의 손을 잡아주면서 안심시키듯이 웃었다.

"괜찮아. 먼저 가서 길을 만들어둘 테니 가즈네는 기다리고 있어."

"……응."

가즈네는 순순히 고개를 끄덕였다. 가즈네가 이렇게 귀여웠던가? 농담을 할 상황은 아니지만 말이다. 우리 관계는 두루두루 다 아는 사실이었기 때문에 숨기지 않아도 되어서 편하고 좋았다.

그리하여 나와 가즈네는 교대로 시프트하게 되었다. 이 실험에 참가하는 것을 계기로 우리는 정식으로 연구 팀의 일원이 되었기 때문에 캡슐에 들어가지 않는 쪽은 밖에서 장치 조작이나 계기 제어를 배우게 되었다. 월급도 조금 올랐다. 의도한 바는 아니었지만 행복한 오산이었다.

며칠 후 마침내 첫 번째 시프트 실험이 진행되었다.

실험은 만약을 위해 심야에 이루어졌다. 예를 들어 낮에 시프트했을 때 시프트한 곳의 자신이 운전 중이라면 사고를 일으킬 위험성이 있기 때문이다.

캡슐에 누운 나는 약간의 불안감을 억눌러 감추고 창 너머에 있는 가즈네에게 웃어 보였다. 가즈네는 고개를 살짝 끄덕이고 자기장을 조작하는 콘솔에 앉았다.

"5, 4, 3, 2, 1…… 시프트 온."

카운트다운을 듣고 눈을 감았다.

자기장 발생은 몇 초 만에 끝났고 시프트 자체는 한순간에 이루어졌다. 캡슐 안이 아주 조금 따듯해진 것 말고는 딱히 위화감 없이 캡슐 바깥에서 문이 열렸다.

나를 내려다보고 있는 것은 조금 전과 전혀 달라지지 않은 풍경과 사람들이었다.

"IP를 확인해볼래요?"

몸 상태보다도 IP 확인을 먼저 하는 소장의 말에 약간 긴장감을 띠고 IP 단말기의 수치를 봤다. 001로 되어 있으면 성공이다. 과연 그 수치는 어떨까.

"……1입니다."

"성공이군요. 반가워요. 옆 세계에서 온 다카사키 고요미 군."

그리하여 기념비적인 첫 번째 시프트 실험은 아무 문제 없이 성공을 거두었다.

약 한 달간 나와 가즈네는 평행세계를 오갔다.

시프트한 곳은 늘 같은 IP 캡슐 안으로, 역시 가까운 세계에서는 같은 생각으로 같은 행동을 한다는 사실을 알았다. 그럼에도 IP가 4를 넘으면서부터는 차이가 점점 눈에 보이게 되었다. 구체적으로는 방의 가구 배치가 달라지거나 다른 차를 타고 있기도 했다. 7의 세계에선 머리를 짧게 깎은 상태여서 신선하게 느껴졌다.

개인적으로 무엇보다 값진 것은 역시 평행세계의 가즈네와 서로 실험을 하고 있다는 전제로 만날 수 있다는 점이었다.

맨 처음에 한 시프트 실험에서 가즈네와 단둘이 있게 되었을 때 우선은 IP 단말기를 서로에게 보여주었다. 나는 001, 가즈네는 000이었다. 바로 옆 세계는 내가 살던 0의 세계와 거의 차이가 없어서 가즈네도 우리가 무엇을 하고 있는지 정확하게 파악하고 있었다.

우리는 우선 여느 때의 노래방에서 서로 마주하고 있었다.

"처음 보는…… 건 아니겠지."

"그렇겠지. 아마 우리도 모르는 사이에 몇 번인가 만났을 테고, 서로 자각하고 이야기한 적도 적어도 한 번은 있으니까."

물론 기억하고 있다. 가즈네의 스무 번째 생일, 실패로 끝난 첫 경험 날 밤이었다. 그때 나는 확실히 1의 세계에서 온 가즈네와 대화를 나누었다.

"왠지 이상한 느낌이네. 솔직히 말해서 0의 세계의 가즈네랑 아무 차이도 못 느끼겠어."

"이 세계에서는 내가 0의 세계의 사람이지만. 고요미도 전혀 위화감이 없어."

당연하다고 하면 당연한 일이었다. 0과 1의 세계의 차이는 아침이 밥인지 빵인지 하는 정도의 차이밖에 나지 않으니 말이다.

그래서 당연히 가즈네의 왼손 약지에는 낯익은 반지가 끼워져 있었다.

"아쿠아마린."

"아아…… 응. 저기…… 뭐랄까, 고마워."

"새삼스럽게 무슨 소리야?"

"너도 그쪽 세계의 나한테 반지를 줬을 거잖아? 그래서 일단 같은 나로서 고맙다는 거지."

정말로 불가사의한 기분이 들었다. 이렇게 모든 것이 같은데 지금 내 눈앞에 있는 사람은 내가 반지를 건넨 가즈네가 아닌 것이다.

"결혼, 할 거지?"

"할 거야. 하고 싶어. 시프트 실험도 그러기 위해서잖아?"

"응. 다음은 가즈네 차례겠네. 별거 아니니까 편안하게 해."

"실험 그 자체는 문제없다고 생각해. 우리한테 중요한 건 어느 쪽인가 하면 이쪽의 시간이겠지? 사랑하는 것과 사랑받는 것을 허용할 수 있을까 하는."

나는 고개를 끄덕였다. 나와 가즈네가 평행세계의 상대라도 사랑할 수 있을까. 상대가 평행세계의 자신에게 사랑받는 것을 용납할 수 있을까.

"솔직히 말해서…… 아마도 사랑하는 건 문제없다고 생각해. 지금 널 안을 수 있냐고 묻는다면 답은 아마도 예스일 거야."

"그럴지도 모르겠네. 하지만 문제는."

"응. 문제는 반대지. 내가 사는 0의 세계에서는 지금쯤 1의 세계에서 온 내가 완전히 같은 말을 0의 세계에 사는 가즈네에게 하고 있을 거야. 내가 그걸 받아들일 수 있을지 없을지는 모르겠어."

"어때? 현 시점에서는?"

어려운 문제였다. 무척이나 어려운 문제였지만.

"우선 나는 오늘, 널 안을 생각이 없어."

"응."

"그렇다는 건 1의 세계에서 온 나도 마찬가지로 0의 세계에 사는 가즈네를 안을 생각이 없다는 걸 거야. 그렇게 생각하니 안심은 되네. 반대로 만약 내가 평행세계의 가즈네를 안을 때가 온다면 그건 0의 세계에 사는 가즈네가 평행세계의 나한테 안길 때야. 그걸 알면서도 안는다는 걸 테니 그건 분명 모든 걸 받아들인 때일 거라고 생각해."

"……못 안으면 결혼 못 하는 거야?"

"……그건 또 다른 문제랄까."

"번거롭네. 평행세계 따윈 모르고 사는 편이 나았을지도 모르겠어."

"그렇긴 해. 옛날 사람들은 다들 그래서 행복하게 결혼했을 테니까."

가즈네가 하는 말은 분명 누구나 한 번쯤은 생각하는 것일 테다. 평행세계 따윈 모르고 사는 편이 나았을지도 모를 텐데.

하지만 평행세계를 발견한 이상 우리는 그 세계에서 살아가는 수밖에 없다.

이래저래 약 한 달간의 실험은 큰 문제도 일어나지 않고 대부분 잘 진행돼서 나와 가즈네의 관계는 어떤 세계에서든 대체적으로 원만하다는 사실을 알 수 있었다. 결국 평행세계의 가즈네를 안지는 않았지만, 그럼에도 조금씩 사고방식이 바뀌어가는 것을 확실히 느꼈다.

그런 나와 가즈네에게 큰 변화가 찾아온 것은 일단 이것으로 실험을 마치자던 10번째 시프트 실험 때였다.

○

내가 눈을 뜬 건 IP 캡슐 속이 아니라 내 방 안이었다.

방 안이 어둑어둑했다. 휴대전화 시각을 확인하니 오전 2시를 경과하고 있었다. 정확히 시프트한 시각이었다.

이어서 IP 단말기를 확인하고 놀랐다.

IP 수치가 035였다.

계획상으로 이번 IP는 10일 터였다. 그런데 느닷없이 35라니. 예상보다도 25나 떨어진 평행세계로 시프트한 것이었다. 0의 세계에서 뭔가 실수가 벌어진 걸까.

9의 세계까지는 마찬가지로 IP 캡슐에서 눈을 떴기 때문에 그곳에 있던 시프트 세계의 아버지를 비롯한 연구원들과 정보를 바로 공유할 수 있었다. 그런데 이 세계의 나는 옵셔널 시프트 실험에 참가하지 않은 걸까? 그렇다면 이 시간에 연구소에 가더라도 아무도 없을지도 모르기에 나는 우선 아침이 되기를 기다렸다가 출근하기로 했다.

자는 둥 마는 둥 어영부영 밤이 지나고 아침이 찾아왔다.

방을 나가서 계단을 내려갔다. 우선 집은 0의 세계에서와 같은 집이었다.

할아버지도 할머니도 유노도 세상을 떠나서 지금은 나와 엄마 둘이서 살고 있었다. 이제 곧 가즈네가 같이 살게될 테지만, 35나 떨어진 세계에서는 어디까지가 같을지 미심쩍었다.

"……좋은 아침."

조심스럽게 부엌에 있는 사람에게 말을 걸었다.

"어머나, 잘 잤니? 오늘은 꽤 일찍부터 서두르네. 아침 아직 안 됐어."

귀에 익숙한 엄마의 목소리가 들려와서 우선은 안심했다.

"엄마, 좀 중요한 이야긴데…… 나 지금 IP 35야."

"35! 멀리서도 왔네."

"응. 오늘 연구소에 가서 여러 가지를 조사해봐야 할 것 같은데, 어쩌면 퇴근이 늦어질지도 모르니 신경 쓰지 말고 자요."

"알겠어. 그건 그렇고 35? 별일이네. 그런 일은 거의 없잖아?"

"응. 자연스럽게 일어나는 일은 거의 드물지. 이번엔 실험 중이었으니 그 탓일지도 몰라."

"어머나…… 너무 위험한 행동은 하지 마."

"괜찮아. 이렇게 무사하잖아."

35의 세계에서도 나는 이렇게 평범하게 엄마와 이야기를 나누고 있었다. 엄마도 딱히 위화감은 없는 모양이었다. 0의 세계에 대해서 여러모로 묻지 않을까 싶었지만 엄마는 아무것도 묻지 않았다. 그래서 나도 엄마에게 이 세계에 대해서 묻지 않기로 했다.

그리고 여느 때처럼 아침식사를 하고 여느 때처럼 연구소로 향했다. 길거리에 들어선 가게도 거의 다르지 않았다. 연구소가 들어선 장소도 같았다.

나는 우선 아버지를 찾아서 평소에 아버지가 있는 연구실을 방문했다. 내 ID로는 들어갈 수 없는 공간도 있었기 때문에 공유 공간으로 아버지를 불러냈다. 다행히 바쁘지는 않았는지 아버지는 바로 와주었다.

"고요미, 어쩐 일이야?"

"응. 우선 봐봐."

설명을 하지 않고 우선은 대뜸 IP 단말기를 보여주었다.

"35?! 뭐야, 무슨 일이 있었던 거야?"

놀라는 아버지에게 나는 0의 세계에서 참가하고 있는 시프트 실험 이야기를 했다.

"그렇군. 네가 사는 0의 세계에선 네가 시프트 실험에 참가하고 있나 보구나. 이 세계에서도 시프트 실험은 하고 있지만, 피험자는 네가 아니야."

역시 그렇구나. 내 생각은 타당했던 모양이다. 그렇다면 이번 원거리 시프트는 역시 내가 사는 0의 세계에서 일어난 문제 때문인가?

"나 돌아갈 수 있겠지?"

"그래. 그건 문제없겠지. 소장한테 이야기해서 캡슐을 사용할 수 있게 해줄게. 그래도 기껏 왔으니 2, 3일은 체류하도록 해. 이런 원거리 세계와 정보 교환을 할 수 있는 기회는 드무니까."

"아아. 응. 그건 문제없어."

"좋았어. 그럼 바로 시작해볼까. 기다려봐. 소장을 불러

올게."

아버지치고는 드물게 조금 흥분한 것처럼 보였다. 그 마음을 이해할 것 같았다. 먼 평행세계와의 정보 교환은 상당히 매력적일 테니 말이다.

이윽고 소장이 달려와서 서둘러 회의 준비가 진행되었다. 이날은 밤이 되도록 서로가 사는 세계의 연구 정보 등을 교환했다.

○

밤 8시가 되어서야 겨우 연구실에서 해방되었다.

지금부터는 시프트 실험을 하는 다른 한 가지 목적을 실행할 시간이다. 평행세계의 가즈네와 나누는 교류 말이다. 어떤 가즈네든 사랑할 수 있을지를 확인하려면 이 원거리 시프트야말로 적합한 상황이라고 말할 수 있다.

이 시간까지 연구소 내에서 가즈네의 모습은 찾아볼 수 없었다. 이렇게나 떨어진 세계라면 다른 일을 하고 있을지도 모른다고 생각했지만, 확인해보니 분명 연구소에 재적하고 있었다. 아무래도 다른 연구 팀에 소속되어 있어서 우연히 얼굴을 마주할 수 없었던 모양이었다.

출퇴근 데이터를 보니 아직 연구소 내에 있는 것 같아서 정문 옆 대기실에서 가즈네가 나오기를 기다렸다.

그로부터 약 20분 후 정문으로 가즈네가 나왔다. 여성치고는 빠른 걸음걸이로 나가려고 하는 뒷모습을 쫓아서 평소처럼 말을 걸었다.

"가즈네."

"응? 아아 다카사키. 수고했어."

터무니없는 위화감이 나를 덮쳤다.

다카사키. 가즈네는 나를 분명 그렇게 불렀다.

내가 아는 가즈네는 대학교 1학년 때 나와 사귀기 시작한 이래로 나를 쭉 '고요미'라고 불렀다. 9의 세계까지는 그랬다.

'다카사키'라고 불렀다는 것은 어쩌면 이 세계에서는.

"무슨 일이야?"

어떻게 대답해야 할지를 생각하면서 가즈네의 왼손에 눈길이 갔다.

약지에 아쿠아마린 반지가 끼워져 있지 않았다.

예상은 하고 있었다. 어느 정도 떨어진 세계부터는 나와 가즈네가 약혼하지 않은 세계도 있을지도 모른다고. 35나 떨어진 세계니까 충분히 있을 법한 가능성이었다. 하지만 막상 반지를 끼지 않은 손을 보게 되자 동요를 억제할 수 없었다.

"……다카사키?"

의아한 듯이 눈살을 찌푸리는 가즈네에게 아무 말 없이 내 IP 단말기를 보여주었다. 그 수치를 확인한 가즈네의 눈이 휘둥그레졌다.

"35?! 꽤 멀리서 왔네……. 이런 수치는 처음 봤어."

그 반응을 보고 나는 고등학교 시절에 가즈네에게 속았던 일을 떠올렸다.

그때 가즈네는 IP 단말기에 디지털 숫자 스티커를 붙여서 자신은 85의 세계에서 왔다고 나를 속였다. 완전히 속았지만 나는 그 일을 계기로 가즈네와 사이가 돈독해졌다.

이 세계에서는 어떨까? 그 추억조차 존재하지 않는 걸까?

갑자기 불안해진 내 마음을 가즈네의 다음 말이 구원해 주었다.

"설마 이제 와서 고등학교 때 일을 되갚으려는 건 아니지?"

그렇게 말하고 가즈네는 내 단말기에 손을 뻗어서 손끝으로 화면을 긁었다.

"스티커는 아닌 모양이네. 정말 35나 시프트했구나……. 그때 난 어디에서 왔다고 했더라? 35였던가?"

다행이다. 그 추억은 공유하고 있는 모양이다. 어디서부터 갈라진 세계인지는 모르지만, 이 세계의 나와 가즈네는 적어도 친구라고 생각해도 되겠지.

"……혹시 그쪽 세계에서는 없었던 일이야?"

온갖 생각이 소용돌이쳐서 대답하지 못하는 내 모습을 보고 가즈네도 나와 같은 생각을 한 것 같았다. 나한테 질문을 던지는 얼굴이 조금 불안해 보였다. 이 세계의 가즈네에게도 그건 소중한 추억이라는 것을 알게 되어 기뻤다.

"……35 아니야. 85였어."

"85? 그렇게 멀었나? 그런 것치고는 잘도 속아줬네."

"그땐 지금만큼 잘 몰랐으니까 어쩔 수 없지."

"맞네 맞아."

우쭐해하는 듯이 가즈네는 웃었다. 아무래도 35 정도쯤 떨어져서는 성격은 크게 달라지지 않나 보다. 여전히 얄밉고 귀여웠다.

"수고했습니다."

"아, 수고하셨어요."

동료 연구원이 우리 옆을 지나서 밖으로 나갔다. 그러고 보니 깜박하고 정문을 가로막고 있었다.

"이런 곳에 서서 이야기하는 것도 뭣하니까 밥이라도 먹으러 갈까?"

"그러네……. 아, 모처럼이니까 오랜만에 그 노래방에 가는 건 어떨까?"

오랜만에. 그 말을 듣고 새삼스레 이 세계에 사는 나와 가즈네의 거리를 실감했다. 원래 세계에서 나와 가즈네는 지금도 가끔 그 노래방에 가고 있으니 말이다.

"그래. 오랜만에 괜찮을지도 모르겠네."

나는 일부러 그렇게 답했다.

그리하여 나와 가즈네는 가볍게 식사를 한 다음 노래방으로 이동했다.

우선은 술로 건배를 하고 몇 곡인가 노래를 불러서 평소에 쌓인 스트레스를 해소했다. 머지않아 주문한 안줏거리가 오자 우리는 노래를 멈추고 이야기를 나누기 시작했다.

나는 이 세계가 결정적으로 갈라진 것이 어디쯤인지 은근슬쩍 확인해볼까 싶었다. 나와 가즈네가 약혼하지 않은 건 틀림없을 테다. 그렇다면 연인조차도 아닌 건가? 단순한 친구, 동료인 건가? 신경 쓰이는 게 당연한 일이다.

"가즈네는 지금 사귀는 사람 있어?"

"안타깝게도 없어. 그쪽은? 혹시 그때 했던 거짓말처럼 돼 있는 거 아냐?"

"적어도 가즈네를 골목으로 끌고 가려고 했던 이상한 인간을 걷어찬 일은 없어."

　"아아. 그런 설정이었지? 그렇네."

　가즈네는 눈을 가늘게 뜨고 웃었다. 이 세계의 가즈네에게는 사귀는 상대가 없는 모양이었다. 반응으로 보아 나와 사귀고 있는 것도 아닌 듯했다. 그럼 갈라진 시점은 대학교 1학년 땐가? 가즈네가 나한테 '번호를 묻는 사람이 너무 늘어서 성가시니까 사귀어달라'라고 한 말이 이 세계에서는 없었던 걸까? 생각해보니 가즈네가 나를 '고요미'라고 부르기 시작한 것은 그때부터였다. 지금 나를 '다카사키'라고 부른 것은 그래서였던 걸 테다.

　"그럼 35나 시프트했어도 나랑 다카사키의 관계는 크게 변함이 없는 거야? 그렇다면 평행세계라고 해도 딱히 재미있진 않네."

　알코올 무제한 섭취가 가능한 방에 들어와 있었기 때문에 가즈네는 조금 취한 것 같았다. 술이 약한 건 변함없는 모양이다.

　자아, 그렇다면 어떻게 할까. 사귀고 있을 뿐만 아니라 약혼까지 했다고 솔직히 말하는 게 어째서인지 망설여졌다. 내가 그 이야기를 함으로써 이 세계에 괜한 영향을 끼칠 것 같은 느낌이 들었기 때문이다. 아니, 지금부터라도 이 세계에서 나와 가즈네가 엮이는 건 나한테 딱히 나쁘지 않은 기분은 들지만.

……아니, 그렇지 않다.

하마터면 간과할 뻔했다. 그렇다. 왜 그 생각을 못했을까.

"왜? 벌레라도 있어?"

"응?"

"뭔가 발견한 것 같은 얼굴을 하고 있어서."

"아, 아니, 미안. 아무것도 아니야."

의아한 시선을 보내는 가즈네에게 애매모호하게 웃어서 무마했다.

"그래서 실제론 어때? 그쪽 세계에서 우리들 관계는?"

"그건…… 말하지 않는 편이 좋지 않을까."

"흐음."

가즈네가 입술을 뾰로통하게 내밀었다. 그렇다. 0의 세계에 사는 나와 가즈네의 관계에 대해서는 말해선 안 된다.

왜냐하면 이 세계의 나에게 가즈네가 아닌 연인이 있을 가능성이 있기 때문이다.

한없이 낮은 가능성일지도 모르지만, 제로는 아니다. 그렇다면 내가 지금 여기서 가즈네에게 오해를 살 만한 말을 하는 것은 관두는 편이 좋다. 아니, 그런 상대가 없다고 해도 말이다. 이 세계의 나와 가즈네는 자신의 인생을 다부지게 살아가고 있다. 그런 상황에서 괜한 정보를 줘서 혼란을 가중시켜서는 안 된다.

"먼 세계에서라면 사귀고 있을지도 모른다고 꽤 진심으로 생각했는데."

"가능성은 있지."

그렇다. 이 세계의 가즈네에게 나와 가즈네가 엮이는 일은 가능성의 세계다. 엮이지 않은 나와 가즈네는, 예를 들어 외로워서 잠들지 못하는 밤에 서로 사귀고 있다면 어땠을까 하고 상상하는 세계라고 할 수 있다.

반대로 말하면 이 세계 또한 내게 있어서 가능성의 세계다.

내가 가즈네를, 그리고 가즈네가 나를 선택하지 않은 가능성의 세계.

나는 가즈네를 선택한 가능성 쪽이다. 내가 이쪽 가능성이 되기 위해서는 가즈네를 선택하지 않았을 가능성을 결코 부정해서는 안 된다.

그때였다.

"아."

안개가 걷힌 듯 나는 답에 도달했다.

가능성.

모든 가능성을 사랑할 수 있다는 건 어쩌면.

"아아…… 그렇구나."

"응? 무슨 일이야?"

"아니, 지금 막 고민하던 게 하나 해결됐거든."

"그래?"

의아한 듯이 가즈네가 고개를 갸웃거렸다. 그런 가즈네가 사랑스럽게 느껴졌다.

나는 이 가즈네와 결혼할 수 있을까? 답은 확실히 나왔다. 무리다. 무리라기보다 결혼해서는 안 된다. 나와 가즈네가 결혼하기 위해서.

"저기 가즈네."

"왜?"

"자세히는 말 못하지만…… 나는 지금 행복해. 가즈네는 어때?"

"……굳이 따지자면 행복하달까?"

"그렇구나. 그럼 다행이야."

나는 잔을 들어 올려서 그 행복에 살짝 건배했다.

왠지 무척이나 가즈네가 보고 싶었다.

○

　내가 0의 세계로 돌아간 것은 그로부터 이틀 뒤였다.

　연구소에서 35의 세계가 이룬 연구 성과를 충분히 흡수한 후 IP 캡슐로 옵셔널 시프트를 실행했다. IP는 무사히 000으로 돌아왔다.

　캡슐에서 나오자 우선은 자기장 제어를 담당하던 연구원에게 진심 어린 사과를 받았다. 사전에 이런 리스크를 설명으로 듣고서도 참가하겠다고 판단한 건 나다. 결국 아무 일도 없었고, 실패한 데이터도 연구에 있어서는 중요하다. 나는 그렇게 말하고 고개를 들게 했다. 솔직히 그럴 경황이 아니기도 했다.

　이쪽 세계에서 나와 가즈네는 같은 연구 팀에 소속되어 있다. 나를 둘러싼 연구원들 중에는 물론 가즈네의 얼굴도 있었다. 이틀 동안 35의 세계에서 온 나와 함께 있었을 가즈네.

　그날의 업무를 끝내고 가즈네와 같이 자택으로 돌아갔다.

　그리고 내 방에서 우리 두 사람은 서로 마주했다.

　"잘 다녀왔어?"

"응. 잘 다녀왔어."

"어땠어? 건너편의 나는?"

"별반 다르지 않더라. 술에 약하고 노래는 잘했어."

"노래방에 갔구나."

"응."

"나도 오랜만에 '다카사키'랑 노래방에 갔지."

"그럴 것 같았어."

분명 같은 선택을 했을 것 같았다. 그건 가즈네도 마찬가지였는지 우리는 마주하고 살짝 웃었다.

"나랑 무슨 이야기했어?"

"신은 주사위를 던질까 하는 이야기."

"좋네. 지금의 우리랑 딱 어울리는 이야기야."

"넌 나랑 무슨 이야기했어?"

"파동함수는 수렴하지 않는다는 이야기."

"에버렛 해석?"

"우리의 현재와 미래에 대한 이야기야."

진지한 얼굴로 말하자 가즈네의 얼굴에서 웃음이 사라졌다.

우리의 현재와 미래에 대한 이야기. 우리가 옵셔널 시프트 실험에 지원한 이유.

나와 가즈네가 결혼하는 그날, 만약 둘 중 한 사람의 IP 가 바뀐다면 그대로 결혼해도 될까?

"……나는 아직 답을 못 찾았어."

"난 답을 찾았어."

"들려줘."

가즈네는 평소의 당당한 모습에서는 상상할 수 없는, 애원하는 듯한 눈빛으로 나를 보았다.

나는 그런 가즈네에게 미소를 지어주었다.

"결혼식 날에는 IP 단말기를 벗자."

가즈네의 눈이 휘둥그레졌다. 분명 예상 밖의 제안이었을 테다.

"그러면 IP는 상관없어져. 나랑 가즈네, 한 사람의 인간으로서 결혼하자. 옛날 사람들은 다들 그렇게 했으니까."

"그치만…… 그럼 자신이 결혼한 게 누군지 모르게 되잖아."

"나야. 가즈네가 결혼하는 건 나야."

"…………"

"우리는 서로, 상대의 모든 가능성이랑 결혼하는 거야."

"모든 가능성……?"

내가 하는 말의 뜻을 이해하지 못했는지 가즈네는 눈살을 찌푸리고 되물었다. 조금 전에 가즈네가 때마침 적당한 말을 꺼낸 차였기에 그 이야기를 쓰기로 했다.

"예를 들어 내가 주사위라고 할게. 주사위를 던진 순간, 세계는 여섯 개로 나뉘고 1의 눈이 가즈네와 결혼하는 나야. 2에서 6의 눈은 평행세계의 나고. 알겠어?"

"응……."

가즈네는 순순히 고개를 끄덕였다. 가즈네는 마음이 약해질 때면 갑자기 얌전해진다.

"그치만 가즈네는 1의 눈이랑 결혼하는 게 아니라 주사위 그 자체와 결혼하는 거야. 단순히 1의 눈이 위를 향해 있을 뿐이지 2에서 6까지의 눈도 버젓하게 있어. 오히려 다른 세계가 2에서 6의 눈을 내준 덕분에 나와 가즈네는 결혼할 수 있는 거야. 다른 눈이 존재하지 않았더라면 1의 눈도 존재하지 않으니까."

가즈네는 순진무구한 눈동자로 내 말을 가만히 듣고 있었다.

이 세계의 나는 나의 단편에 지나지 않는다. 그 단편만 사랑하는 것이 아니라 전체를 사랑하자.

"그러니 IP 단말기를 벗자. 1의 눈으로서가 아니라 하나의 주사위로서 결혼하자. 우리는 서로, 상대의 모든 가능성과 결혼하는 거야."

"······상대의 모든 가능성과······."

가즈네의 내면에서 불안이 점점 사라지는 것을 느꼈다.

나와 가즈네가 선택하지 않은 모든 가능성이 나와 가즈네가 결혼할 수 있게 해주었다.

그러니 그 모든 가능성과 결혼하자.

"다만 당일에 원거리 패러렐 시프트가 일어나서 상대가 자신과 결혼하는 걸 거부한다면 역시 그때는 중지하자. 뭐어, 그런 시프트가 자연 발생할 일은 우선 없겠지만."

"······근거리 시프트라면? 1이라든지 2라든지? 그럴 경우에는 평행세계의 고요미랑 결혼하게 돼. 이건 충분히 있을 수 있는 일이야."

"분명 그렇겠지만 근거리 시프트라면 바로 원래 세계로 돌아올 수 있어. 무엇보다 그만큼 가까운 세계라면 차이가 거의 없을 거야. 가즈네는 내가 머리를 자르면 결혼하고 싶지 않을 것 같아? 타는 차가 다르다면 싫어?"

"그럴 리는 없을 거야."

"그럼 괜찮아. 가까운 세계의 나는 모두, 가즈네와 결혼하는 걸 선택했으니까."

"이 세계의 내가 옆 세계의 고요미와 결혼하는 건 괜찮아?"

"주사위의 눈이 달라지는 것뿐이야. 주사위의 눈이 1인

가즈네와 2인 내가 결혼하는 것뿐이지. 주사위끼리 결혼하는 건 달라지지 않아. 나와 가즈네가 결혼하는 것뿐이야."

"나와 고요미가 결혼하는 것뿐……."

가즈네의 표정에서 이미 어두운 기색의 90퍼센트가 사라져 있었다. 하지만 남은 10퍼센트의 불안감은 아무래도 씻어낼 수 없는 것 같았다.

그렇다면 마지막 10퍼센트를 씻어낼 수 있는 말은 결국.

"가즈네."

"응."

"난 가즈네의 전부를 사랑하고 싶어. 가즈네도 내 모든 걸 사랑해줬으면 좋겠어."

"응……."

"결혼하자, 가즈네."

"……응."

가즈네의 눈에서 한줄기 눈물이 흘러내렸다.

나는 가즈네의 안경을 벗기고 눈물을 다정하게 닦아주었다.

○

그리하여 우리는 서로의 모든 가능성과 결혼했다.

막간

　우리가 미인가로 진행한 임상 실험 결과를 토대로 옵셔널 시프트 임상 실험은 정식으로 인가를 받아 3년 후에는 실용화에 이르게 되었다.

　이것은 여러 개의 평행세계에서 동시에 실험이 시작된 결과, 평행세계 간에 정보가 병렬화되었기 때문이었다. 옵셔널 시프트는 평행세계 그 자체를 일종의 양자 컴퓨터처럼 만들었다.

　이로 인해 허질과학은 더욱 비약적인 발전을 이루게 되었다. 결국에는 허질 소자를 관측하는 데도 성공하여 IP 고정화, 통칭 'IP 잠금'을 비롯한 '평행세계 간의 이동을 제어하는 여러 기술'이 실제로 쓰이게 되었다.

당연하게도 옵셔널 시프트가 가져온 다양한 기술에 따라 급속도로 법 정비가 진행됐다. 범죄자가 악용한다면 이만큼 유리한 방법도 없을 테다. 누군가 어떤 세계에서 범죄를 저질렀다고 예를 들어 보자. 옵셔널 시프트를 통해 먼 평행세계로 도망친 다음 그곳에서 IP 잠금을 걸어 원래 세계로 시프트하지 않도록 하는 것이다. 그럴 경우 범죄자는 아주 쉽게 벌을 받지 않고 도망칠 수 있었다. 이렇게 평행세계의 자신에게 죄를 전가하는 것을 세간에서는 'IP 원죄'라고 불렀다.

정부는 평행세계에 관한 몇 가지 법을 정비하고, 그것을 근거로 내각부에 허질기술청을 신설했다. 허질과학과 관련된 실험 설비를 수용하는 모든 시설을 등록하여 IP 캡슐 등의 설비를 사용할 때마다 그 모든 기록을 보관하고 제출할 의무를 부과했다. 또한 경찰청이나 검찰청에도 전문 부서를 만들어 IP 원죄를 피하기 위해 평행세계 간에 범죄 조사의 병렬화를 실현했다. 조사나 재판이 끝날 때까지는 사건 관계자의 IP를 일시적으로 걸어 잠그고 평행세계로 시프트하지 않게 하는 것도 허용되었다.

내가 일하는 연구소는 허질기술청의 설립과 더불어 독립적으로 행정법인화하여 국립연구개발법인허질과학연구소라는 장황한 이름을 달게 되었다. 동시에 경찰이나 검사, 변호사 등 낯선 사람들의 출입이 늘어서 연구만 하고 싶은 우리로서는 매우 번잡한 일도 늘어났지만, 그 덕분에 월급이 올라서 가족에게 금전적인 불편함을 주지 않게 되었기에 만족하기로 했다

이때는 아직 옵셔널 시프트도 IP 잠금도 일반인에게는 아무 연관도 없는 기술이었지만, 일반화가 급속도로 진행되면서 그리 머지않은 미래에 민간 기업이 가정용 서비스를 시작하는 시대가 찾아오게 되었다. 사람들은 계속해서 진보하는 기술과 변화하는 가치관을 따라잡는 것만으로도 버거워했다.

이렇게 극적인 패러다임 전환을 맞이하는 세상 속에서 나와 가즈네가 보내는 신혼생활은 아무 일 없이 고요하고 행복했다.

가끔씩 토닥거릴 뿐 기본적으로는 늘 다정한 우리를 보고 엄마가 "좋아 보이네" 하고 부러운 듯이 말할 때마다 부모가 이혼한 나로서는 어떻게 반응해야 할지 난감했다.

급류에 휘말리듯이 변해가는 세계와는 정반대로 그 실험 이후로는 큰 시프트를 경험하는 일 없이 우리는 정말로 하루하루를 평온하게 보내고 있었다.

결혼한 지 2년째 되던 해에 나와 가즈네가 애타게 기다리던 아이가 태어났다. 남자아이였다.

우리는 아들에게 '료(涼)'라는 이름을 지어주었다. 음이 '료(良)'와 같은 그 글자는 물과 집을 상형하는데, 그럼으로써 좋은 물과 좋은 집 같은 사람이 되라는 바람을 담았다.

유일하게 불만다운 불만을 든다면 가즈네가 료를 너무 예뻐해서 나를 좀처럼 상대해주지 않는 것 정도일까. 아들을 질투하는 건 조금 한심하다 싶어서 되도록 태연한 척하고 있지만 말이다.

하지만 료가 점점 철이 들 무렵에는 가즈네의 맹목적인 사랑도 안정되고 같이 사는 엄마가 료를 돌봐주기도 해서 다시 휴일에 둘이서 데이트를 하는 일도 잦아졌다. 그렇게 되자 이번에는 료가 나한테 가즈네를 빼앗겼다고 생각했는지 나와 가즈네 사이에 끼어들기도 했다.

절반은 장난으로 아들과 가즈네 쟁탈전을 벌이자 가즈네가 곤란한 듯이 웃었다.

그런 소소한 시간이 무척이나 행복했다.

○

그리고 료가 내년에 초등학생이 되던 그 해.
나와 가즈네에게 인생 최대의 사건이 덮쳤다.

제
4
장

장년기

＊

1월 1일, 정월 초하루.

새해 첫날 정도는 느긋하게 보내려고 했던 내 바람은 올해도 이루어지지 않았다. 아침 일찍부터 가즈네와 료의 손길에 깨서 우리 가족은 정월 첫 참배를 하러 왔다.

가즈네와는 해마다 함께 왔지만 료를 데려오는 건 처음이었다. 가즈네는 모처럼이니 오랜만에 우사신궁＊에 가자고 했지만, 우사신궁은 전국적으로 4만 개가 넘는다는 하치만궁＊＊의 총본궁이었다. 해마다 몇십만 명의 참배객이 방

＊　일본의 3대 신궁.
＊＊　무인의 수호신인 하치만 신을 모시는 신사.

문하기에 그중 한 명이 되겠다면 반드시 지옥 같은 정체에 휘말리게 될 터였다. 그런 경험은 두 번 다시 겪고 싶지 않다. 그때의 피로함과 초조함, 찢어질 듯한 방광의 기억을 줄줄 늘어놓자 가즈네도 그때의 공포를 떠올렸는지 역시 늘 가던 이나리 신사에 가자는 쪽으로 이야기가 마무리되었다.

그렇다고는 하나 이나리 신사도 나름대로 큰 신사였다. 국도를 피해 산속 우회로를 느긋하게 달려서 도착했을 때 참배길은 이미 참배객으로 붐비고 있었다. 이곳도 매해 몇만 명 규모의 참배객이 방문하는 모양이었다.

이 정도로 사람이 붐비는 모습을 처음 본 료가 흥분해서 날뛰었다.

"아빠! 사람 엄청 많아!"

"대단하지? 료, 손 놓지 마."

"그래. 아빠랑 엄마 손 꽉 잡고 있어."

나와 가즈네는 료를 사이에 두고 서서 미아가 되지 않도록 료의 손을 꽉 잡고 한 발자국씩 나아갔다. 많은 기둥문을 지나고 긴 계단을 올라가 배전(拜殿)*에 도착했을 때는

＊　고개 숙여 절하기 위해 본전 앞에 지은 건물.

수십 분이 경과해 있었다. 그러나 이것도 한 시간을 넘는 정체에 비하면 수월한 축이었다.

마침내 새전함 앞에 나란히 서서 나는 미리 준비해둔 새전을 꺼냈다.

"료, 저 종을 두세 번 울려."

"응!"

료는 기쁜 듯 힘차게 종을 딸랑딸랑 쳤다. 그리고 셋이서 새전을 넣고 두 번 절한 후 두 번 박수를 치고 다시 한 번 절을 올렸다. 우리를 열심히 흉내 내는 료의 모습은 내 아들이지만 사랑스러웠다.

"아빠 뭘 빌었어?"

조금 전 료에게는 지금부터 신에게 부탁드리러 가는 거라고 가르쳐주었다. 정확하게 말하자면 아니지만, 뭐 상관없겠지. 소원은 남에게 이야기하면 이루어지지 않는다지만 신경 쓰지 않기로 했다.

"아빠는 료랑 엄마랑 할머니가 건강하기를 빌었어."

"엄마는?"

"마찬가지야. 료랑 아빠랑 할머니가 건강하기를 빌었지. 료는?"

"저기, 저녁에 햄버그스테이크가 나오게 해달라고 빌었어!"

"또? 료는 햄버그를 정말 좋아하네."

나도 가즈네가 만든 햄버그를 좋아하지만 일주일에 한 번 이상 햄버그가 나오는 건 좀 그렇지 않나 싶었다. 다른 메뉴나 새로 조합한 레시피로 영양 균형은 신경 쓰고 있는 것 같지만 말이다. 어리광은 이제 그만 받아줘야 하는데도 좀처럼 강하게 말하지 못하는 것이 현재 상황이었다.

"엄마, 저거 뭐야?"

"저건 감주야. 료는 마신 적 없지?"

"응."

"그랬구나. 여보, 료도 마시게 할까?"

"감주는 어린애가 마셔도 되는 건가?"

무녀에게 확인하고 아이가 마셔도 되는 감주를 얻었다. 하지만 안타깝게도 료는 딱히 마음에 들지 않는 모양이었다. 살짝 핥더니 얼굴을 찌푸렸다.

무사히 참배를 마치고 경내를 나오자 돌아가는 길은 수월했다. 뒤쪽으로 난 참배길을 내려오자 올 때는 인산인해로 보이지 않았던 포장마차가 나타났고, 당연한 듯 료가 흥미를 보였다. 때마침 배가 출출했던 차였다.

"가즈네, 뭐 먹을래?"

"그러네…… 료, 배고파?"

"응."

"그럼 가볍게 뭐 좀 먹을까?"

가즈네가 고개를 끄덕였기 때문에 뭐가 있는지 포장마차를 둘러보았다. 포장마차 먹거리는 묘하게 비싼 편이니 유의해야 한다며 료의 손을 놓고 멈춰 서서 지갑의 내용물을 확인했다. 료는 가즈네의 손을 이끌고 포장마차 쪽으로 달려갔다.

그때 참배길 쪽에서 소동이 일어났다.

처음에는 술렁거렸다. 무슨 일인가 싶어서 무심코 시선을 돌렸다. 참배객들이 서 있던 줄이 갑자기 흩어졌고 사람들의 머리가 모두 같은 방향으로 향했다. 인파의 중심에서 어떤 일이 일어나고 있는지 이쪽에서는 전혀 보이지 않았다.

그리고 갑작스런 노성이 들렸다.

남자의 고함 소리에 여자의 비명 소리가 겹쳤고 북적이던 사람들이 우당탕 넘어졌다.

좁은 참배길에서 서로 밀치던 사람들이 한데 겹쳐 쓰러졌고 그 상황을 면한 사람들은 포장마차 광장 쪽으로 달아나려고 했다. 갈라진 사람들 무더기 틈에서 한 남자 — 마스크와 선글라스를 쓰고 있어서 잘은 모르지만 남자라고 추측됐다 — 가 나타났다.

그 오른손에는 빨간 액체로 젖은 칼이 들려 있었다.

남자는 괴성을 지르고 칼을 휘두르며 이쪽으로 달려왔다.

노골적으로 드러난 광기가 평화로운 새해 첫날의 광경을 지옥도로 덧칠했다. 나는 손을 놓았던 료와 가즈네의 모습을 찾아서 시선을 돌렸다.

그리고 심장이 멎는 줄 알았다.

남자가 달려가는 곳에 가즈네와 료가 있었다.

남자의 괴성이 한층 더 커졌다. 아마도 "비켜"라고 말한 것 같지만 잘 알 수 없었고 그런 걸 신경 쓸 경황도 아니었다.

사람들의 비명. 남자의 노성. 웅크리고 앉아서 료를 꼭 끌어안고 있는 가즈네. 칼. 빨간 액체. 다리가 움직였다. 공포. 혼란. 분노. 료, 가즈네!

나는 정신없이 달려가 칼을 든 남자를 옆으로 걷어찼다.

○

정월이 되자마자 참배객을 덮친 비극. 사망자는 나오지 않았지만 여러 명의 피해자를 낸 묻지 마 범죄 사건은 대대적으로 보도되었고, 약속이라도 한 듯이 사회의 어두운 면이나 픽션의 폭력적인 표현 등이 세간의 입에 오르내리게 되었다. 그러나 실제로 그 피해를 입은 우리로서는 그런 것보다 범인이 "아무나 상관없었다"라고 진술했다는 사실에 진심으로 공포를 느꼈다. 비교적 평화로운 편인 이 나라에서도 가끔 이런 사건이 일어난다는 사실은 알고 있었지만, 설마 우리가 엮일 줄은 생각지도 못했다.

사망자가 나오지 않은 것은 불행 중 다행이라고 해도 좋았다. 가즈네와 료도 상처 하나 입지 않았다. 그때 내가 순간적으로 범인을 걷어찬 후에 주변 남성들이 일제히 범인에게 달려들어 제압했다. 그런 다음 경찰에 신고했기 때문에 나도 상처는 입지 않았다. 더 이상은 엮이고 싶지 않았기 때문에 경찰이 도착하기 전에 그 자리를 떠났다.

돌아가는 차 안에서 가즈네는 료를 계속해서 꼭 끌어안고 있었다. 료는 자신에게 얼마나 큰 위험이 닥쳐왔는지 그다지 자각하지 못하는지 천진난만하게 "놀랐어!"라고 말했다. 마음의 상처를 입는 것보다는 나을지도 몰랐다.

집에 도착했을 무렵에는 이미 그 사건이 뉴스로 다뤄지고 있었기 때문에 엄마가 걱정스럽게 달려왔다.

"무사히 돌아왔구나! 아무도 안 다쳤니?"

"엄마, 괜찮아요. 우린 사건 현장에서 먼 곳에 있었으니까요."

"료한테도 아무 일 없으니 걱정하지 마세요."

우리는 엄마에게 괜한 걱정을 끼치지 않기 위해 먼 곳에서 소동이 일어났기 때문에 말려들기 전에 집으로 돌아온 것으로 입을 맞춰두기로 했다. 내가 범인을 걷어찼다는 사실을 엄마가 알면 쓰러질지도 몰랐다.

그리고 그날 밤.

나는 침실에서 가즈네를 앞에 두고 정좌하고 있었다.

"당근이랑 채찍, 어느 쪽이 좋아?"

이건 가즈네가 화가 났을 때 지금부터 설교를 하겠다는 신호였다. 이렇게 되면 달아날 수도 없는 노릇이었다. 그래서 나는 늘 적어도 혼이 먼저 난 후에 자상한 대우를 받아서 위로받고 싶다는 생각에 우선은 채찍을 선택했다.

"……채찍부터 받을게."

"알겠어. 저기, 칼을 든 상대에게 달려들다니 너무 위험하잖아. 당신 운동 신경이 나쁘다는 사실은 자각하고 있지 않아? 그렇게 위험한 행동은 되도록 하지 마. 만약 당신한테 무슨 일이 생기면 제일 가여운 건 료니까."

료가 태어나고 가즈네는 달라졌다. 가장 소중한 사람이 료가 된 것 같았다. 가즈네를 좋아하는 한 남자로서는 복잡한 마음도 들지만, 료의 아빠로서는 이보다 기쁜 일은 없을 것이다.

그래서 반론은 하지 않았다. 그렇게 하지 않았더라면 두 사람이 위험했다는 말은 변명에 지나지 않는다. 나는 자신을 위험에 빠뜨리지 않고 료와 가즈네를 지켜야 했다. 아빠로서 그것이 유일한 정답이었다.

"응. 미안."

"반성하고 있어?"

"응."

"이제 위험한 행동 안 할 거지?"

그럼에도 나는 거기까지는 약속할 수 없었다. 나는 영웅도 아무것도 아니니까 다음에도 같은 일이 벌어지면 분명 또 위험한 행동을 하고 말 것이다.

"……노력할게."

그렇게 답하는 나에게 가즈네가 던지는 무언의 시선이 꽂혔다.

나도 가즈네도 침묵을 지키는 시간이 이어졌다. 나와 가즈네는 이런 침묵의 밤을 몇 번이나 보내왔다. 서로를 지나치게 생각하는 마음에 입을 열지 못하는 그런 밤.

하지만 우리는 이미 서른이었다.

가즈네가 작게 한숨을 쉬자 단숨에 분위기가 누그러들

었다.

"채찍은 끝. 그럼 당근."

말이 끝나기가 무섭게 정좌하고 있던 내 얼굴이 가즈네의 품에 안겼다.

"구해줘서 고마워. 멋졌어."

"천만에. 다시 반했어?"

"응. 나 말했잖아."

"뭘?"

"내가 좋아하는 건 나쁜 사람을 걷어차서 나를 구해준 사람이라고."

"아아, 그렇네."

"마음이 조금 젊어진 것 같지 않아?"

"……오랜만에 고등학교 교복이라도 입어볼까?"

"바보."

그 말은 포개어진 입술처럼 부드러웠다.

○

사건은 일단 아무 일 없이 끝났지만, 가즈네의 마음에 상처를 남겼다.

정월 휴일은 3일까지였다. 그건 료를 맡기는 보육원도 마찬가지라서 4일부터는 다시 료를 맡기고 일을 하러 나갈 예정이었다.

하지만.

가즈네가 료에게서 떨어지는 것을 꺼려했다.

"그렇게 걱정 안 해도 괜찮아."

"하지만 또 그런 일에 휘말리면……."

내가 무슨 말을 해도 가즈네는 그렇게 말하고서 료를 떼어놓으려고 하지 않았다.

그러는 게 무리는 아닐지도 모른다. 그러고 보면 나는 옆에서 보고 있었을 뿐이지만 가즈네는 바로 정면에서 피에 젖은 칼을 든 범인에게 공격을 받을 뻔했다. 그 칼은 하마터면 가즈네나 료의 목숨을 빼앗았을지도 모른다. 그러니 무슨 일이 있으면 어쩌느냐고 가즈네가 료를 과도하게 걱정하는 마음을 모르는 것도 아니었다.

그래서 나는 직장과 보육원에 연락해서 가즈네의 마음이 안정될 때까지 료와 같이 며칠 쉬게 하기로 했다. 가즈네는 똑똑한 사람이다. 지금은 평정심을 잃었다 해도 2, 3일 지나면 분명 차분해질 것이라고 생각했다.

"가즈네, 보육원이랑 연구소에는 연락해뒀어. 료랑 한동

안 천천히 쉬어도 돼."

"응…… 미안해. 고마워."

그렇게 말하고 가즈네는 힘없이 웃었다. 내가 가즈네를 안심시켜주지 못한다는 사실을 한심하게 여기면서도, 적어도 가즈네의 몫까지 열심히 일해서 남편이자 아빠로서 임무를 다하자며 하루하루를 보냈다.

그렇게 이틀이 지나고 사흘이 지나고 나흘이 지났다. 일주일이 지났지만 가즈네는 료와 떨어지려고 하지 않았다.

쉬는 날 나는 엄마와 둘이서 텔레비전을 보고 있었다. 가즈네는 료의 방에서 료와 함께 게임을 하고 있는 모양이었다. 엄마의 이야기에 따르면 요 며칠 쭉 그렇게 한시도 떨어지려고 하지 않는다고 했다. 다만 집안일은 야무지게 하고 있고 그사이에도 료를 옆에 두려고 하다 보니 필연적으로 료가 집안일을 여러모로 돕게 되었다. 그건 그것대로 괜찮다고 생각하지만, 하고 전제를 둔 후에 엄마는 말을 이었다.

"료는 괜찮아. 밖에 놀러 가고 싶어 하고 건강해. 근데 가즈네가…… 보고 있으면 걱정스러워. 그런 일이 있었으니 당연하겠지만 조금 지나친 게 아니려나."

엄마는 가즈네와 료가 범인의 표적이 되었다는 사실을

모른다. 괜한 걱정을 끼치지 않기 위해 우리는 그 사건에 휘말리지 않았다고 거짓말을 했다. 그래서 지금의 가즈네의 상태가 더 유별나 보일 것이다.

"요전번에는 요리를 하다가 칼에 베였다고 하질 않나……. 한번 카운슬링 같은 걸 받아보는 편이 좋지 않을까 하는데……."

며칠 전에 직장에서 귀가하자 가즈네가 왼쪽 손목에 붕대를 감고 있었다. 엄마가 말하는 대로 요리 중에 부주의하게 칼을 놓쳐서 조금 깊게 베인 것 같았다. 여전히 붕대를 감고 있다는 것은 나름대로 큰 상처라는 뜻일 테다. 만약 또 그런 일이 벌어지면 이번에는 더 큰 상처를 입을지도 모른다. 게다가 그건 가즈네가 아니라 료일지도 모르는 일이다. 그렇게 되면 본말전도라고 할 수 있다.

하지만 느닷없이 카운슬링을 권하는 것도 가즈네를 더욱 몰아붙이는 느낌이 들어서 내키지 않았다. 그래서 다시 한 번 천천히 가즈네와 이야기해보기로 했다. 휴일인 오늘은 원래부터 그럴 예정이었다.

엄마에게 그 뜻을 전하고 료의 방으로 향했다.

"료, 지금이야! 그쪽으로 가!"

"엄마 너무 시끄러워!"

방 안에서 가즈네와 료의 활기찬 목소리가 들렸다. 이렇게 놀고 있는 목소리를 들어보면 괜찮은 것 같은데.

"들어갈게."

그렇게 알리고 방으로 들어갔더니 료는 HMD(Head Mounted Display)를 끼고 VR 게임에 몰두하고 있었고 가즈네는 그 옆에서 응원하고 있었다. 외부 모니터로 출력되는 것은 축구 게임 화면이었다.

"고요미, 무슨 일이야?"

"응, 가즈네랑 이야기할 게 있어서."

"뭐?"

"우리 방으로 가자."

"……여기선 안 돼?"

"둘이서 이야기하고 싶어."

"그치만……."

가즈네는 료에게 슬쩍 시선을 주었다. 우리 이야기가 들리는지 안 들리는지 료는 신경 쓰는 기색도 없이 게임을 계속하고 있었다.

"료, 잠시 스톱."

게임이 일단락되는 타이밍을 가늠해서 나는 료의 어깨를 두드렸다. 료는 HMD를 벗더니 어리둥절한 표정으로 나를 쳐다봤다.

"아빠 잠시 엄마랑 이야기하고 올 테니까 VR은 여기까지 해."

"말도 안 돼."

입술을 삐죽 내미는 료. 우리 집에서는 아이 혼자서만 VR 게임을 하는 건 금지하고 있다. VR 게임을 하다보면 리얼한 3D 세계에 몰두하느라 그만 몸을 움직이는 경우가 있는데 그러다 넘어져서 뒤통수를 박는 사고가 자주 일어났다. 가즈네는 그게 걱정인 모양이었다.

"그냥 텔레비전으로 해도 되잖아."

"텔레비전 화면에선 하기 힘들단 말이야."

이것도 시대의 진보였다. 내가 어릴 적만 해도 VR은 아직 부자들의 오락이었다. 그런데 그로부터 불과 십수 년 만에 크리스마스 선물로 아이에게 주는 선물 랭킹 1위가 되어 지금은 게임이라고 하면 기본적으로 VR을 가리킨다. '보통'이라는 말은 환경에 따라 변하기 때문에 텔레비전 화면으로 게임을 하는 것은 요즘 아이들에게 있어서는 더 이상 보통의 일이 아니었다. 하기야 이런 게임의 진보와는 비교할 수 없을 정도로 허질과학은 세상의 보통을 단숨에 바꿔버렸지만 말이다.

"어쨌거나 HMD는 잠시 금지야. 이야기가 끝나면 돌려줄게. 혹시 어디 갈 거면 말해."

"네에."

못마땅한 듯 대답하면서도 료는 순순히 고개를 끄덕였다. 이 점에서 일단 나는 료를 제대로 키우고 있다고 안심했다.

"료, 조심해. 위험한 행동 하면 안 되는 거 알지?"

"엄마, 요즘 들어 잔소리가 너무 심해."

"료를 위해서야! 진짜 위험하니까!"

걱정하는 말을 료가 우스갯소리로 치부하자 가즈네는 언성을 높였다. 이런 일은 지금까지 없었다. 료는 불만스러운 얼굴에 겁먹은 기색을 살짝 내비쳤다.

"엄마가 조금 잔소리가 많긴 하지? 료는 괜찮은데 그지? 위험한 행동도 안 하는데, 그지?"

나는 일부러 우스꽝스러운 말투로 말하면서 료의 얼굴을 뭉그적대며 쓰다듬었다. 이런 일로 료의 마음에 가즈네에 대한 공포심을 심고 싶지 않았다.

"저기, 엄마도 큰 소리 내서 미안하마 해야지."

"······하마가 뭐야······. 료, 미안해용."

"용은 뭐야."

우리 아들이지만 멋지게 태클을 걸었다. 그러나 여기서는 가즈네도 잘 받아주었다. 셋이서 화목하게 웃음 짓고, 나와 가즈네는 부부 침실로 향했다.

○

하지만 방에서 둘이 마주하자 그런 소소한 웃음기는 사라져 버렸다.

"가즈네."

"……알아."

"나도 알고 있어. 가즈네가 료를 엄청 사랑한다는 거. 그래서 또 무슨 위험한 일을 당하지 않을까 걱정하고 있다는 거……. 그런데 그걸 너무 걱정해서 료를 속박하는 건 난 반대야."

"……."

"분명 위험부담은 있어. 정월 같은 사건에 휘말릴 가능성은 엄청 낮은데도 우리는 휘말렸어. 그런 생각을 하면 집에서 한 발자국도 나가지 않고 계속 같이 있는 게 안전할지도 모르지만……."

"……."

"하지만 나는 그래도 바깥 세계에서 사는 건 그런 위험 부담을 짊어질 만큼 가치가 있다고 생각해. 우리는 다들 그렇게 살아가고 있어. 만약 내가 교통사고를 당할까 봐 걱정해서 계속 집에 틀어박혀 있었더라면 가즈네를 만나지 못했어. 료도 태어나지 못했고. 그런 큰 행복의 가능성을 료한테서 빼앗으면 안 돼."

요 며칠 가즈네에게 무슨 말을 어떻게 해야 할지 엄청 고민했다. 가즈네에게 상처를 주고 싶지는 않았다. 하지만 지금 상황은 어떻게든 극복해야 했다.

그래서 이대로라면 잃게 될지도 모를 행복의 크기로 설득에 나서기로 했다. 나와 같은, 아니 더 큰 행복을 료가 손에 넣기를 바랐다. 료를 사랑하는 가즈네이기에 이 마음이가 닿을 것이라고 생각했다.

하지만.

"……그치만 그런 건."

가즈네는 목소리를, 어깨를 떨면서 말했다.

"그런 건 전부 살아 있어야 가능하잖아……? 나도 알고 있어. 우리의 행복은 위험부담을 짊어질 만큼 가치가 있어. 나도 그렇게 생각해. 하지만…… 우리가 그렇게 생각하는 건 나도 고요미도 살아 있기 때문이잖아……."

가즈네의 떨림은 갈수록 커졌다.

나는 가즈네의 마음을 알고 있다고 생각했지만, 여전히 전혀 모르고 있었던 게 아닐까.

분명 나는 가즈네만큼 죽음에 대한 위험부담을 진지하게 생각하지는 않았다. 그건 아마도 내가 료를 어떻게든 구해냈다는 사실이 존재하기 때문일 것이다. 솔직히 말해서 그건 나한테 어느 정도 자신감이 되어주었다. 만약 다음에 무슨 일이 생겨도 꼭 다시 지켜내 보이겠다. 나라면 가능하다……. 그런 근거 없는 자신감이 내 안에 자리했고, 그것이 가즈네에게는 방심으로 보일지도 몰랐다.

"99퍼센트의 제비뽑기에 계속 당첨되고 있으니 할 수 있는 소리야……. 1퍼센트의 꽝을 뽑으면 어쩔 거야? 100명이 제비를 뽑으면 한 사람은 꽝이야. 그래서 쭉 제비를 뽑지 않겠다는 선택지를 고르는 게 그렇게 나빠?"

"……확률로 따졌을 때 1퍼센트의 꽝을 두려워해서 99퍼센트의 당첨 기회를 버리는 건 엄청 아까운 일이라고……."

"그러니까 그건! 당신이 꽝을 뽑은 적이 없으니까 할 수 있는 소리라고!"

가즈네의 양손이 내 목덜미를 세게 졸랐다.

나를 '당신'이라고 부른 가즈네의 안경 너머로 눈동자에서 흘러넘치는 눈물을 보았다. 양쪽 눈은 마치 절망을 본 것처럼 어둠을 띠고 있었다.

아무리 그래도 이건 이상하다.

어째서 가즈네는 이렇게까지 1퍼센트의 꽝을 두려워하는 걸까?

— 당신이 꽝을 뽑은 적이 없으니까 할 수 있는 소리라고.

그런 말투는 마치 자신이 꽝을 뽑은 적이 있다는 듯이 들린다.

그때 문득.

어째서일까. 내 눈은 갑자기 가즈네가 왼쪽 손목에 감고 있는 흰색 붕대에 이끌렸다.

가즈네가 상처를 입은 것은 분명 5일 전이었다. 퇴근했더니 갑자기 붕대를 감고 있어서 놀랐다. 자신의 오른손으로 붕대를 감았는지 상당히 어설펐다. 그래 딱 이런 식으로, 라기보다 지금과 완전 같은 형태였다.

5일 전에 상처를 입고 붕대를 감고서.

그리고 오늘까지 한 번도 붕대를 갈지 않았나?

그런 일이 가능할까?

"가즈네."

나는 가즈네의 왼팔을 잡았다.

"……! 싫어……."

가즈네는 몸을 비틀어 내 손을 뿌리치려고 했다. 하지만 나도 일단 남자다 보니 가즈네보다는 힘이 있었다. 억지로 팔을 끌어당겨서 그 붕대를 풀었다.

붕대 아래에는 어디에도 상처가 없었다.

"…………."

가느다란 팔에서 저항하던 힘이 단숨에 사라졌다. 가즈네는 고개를 떨어뜨리고 아무 말도 하지 않았다.

나는 생각했다.

상처를 입지 않았는데 감겨 있던 붕대. 대체 무엇을 위해서? 무언가를 숨기기 위해서? 무엇을? 평소에 가즈네의 왼쪽 손목에 있던 것. 그것은?

"가즈네, IP 단말기는?"

가즈네는 체념한 듯 화장대 서랍을 순순히 가리켰다.

그 안에 숨기다시피 넣어둔 IP 단말기를 꺼내 가즈네의 왼팔에 채웠다.

전원을 켜고 IP를 확인했다.

그 수치는 013이었다.

"언제부터야?"

"……일주일 전부터."

일주일 전. 때마침 겨울 연휴가 끝나고 가즈네가 료를 과도하게 걱정하기 시작했을 무렵이었다. 그 무렵부터 가즈네는 13의 평행세계로 시프트해 있었다. 료에게서 떨어지는 것을 그토록 집요하게 싫어했던 것은 13의 세계의 가즈네였던 것이다.

가즈네는 그 사실을 들키는 것을 막기 위해 다친 척해서 왼쪽 손목에 붕대를 감고 IP 단말기를 벗었다. 그리하여 그대로 일주일간 료와 계속 함께 보냈다.

왜 그런 행동을 했을까?

— 당신이 꽝을 뽑은 적이 없으니까 할 수 있는 소리라고.

답은 하나밖에 없었다.

"가즈네…… 혹시 그쪽 세계에서는……."

"……그래."

듣고 싶지 않았다. 듣고 싶지 않았지만.

"내 세계에서는…… 그날 범인에게 찔려서…… 료가 죽었어……!"

가즈네의 눈동자에서 눈물이 떨어졌다.

이쪽 세계의 료에게는 들리지 않도록 목소리를 억누르

며 그럼에도 가즈네는 외쳤다. 나한테밖에 들리지 않을 작은 목소리로 세상 전부를 증오하는 듯한 원망의 소리를 질렀다.

가즈네는 몸을 크게 떨면서도 이를 악물고 울음을 참고 있었다. 치아 사이에서 새어나오는 작은 신음소리가 내 마음을 쥐어뜯어서 나는 아무 말도 하지 못하고 단지 그 너머로 시선을 떨어뜨릴 수밖에 없었다.

"분해……. 13밖에 차이가 안 나는데……! 이쪽에서는 료가 살아 있는 데다…… 건강하게 뛰어 놀고 있으니까!"

나는 이번에야말로 바로 조금 전에 가즈네에게 '이해한다'고 했던 말을 몹시 후회했다.

이해 따위는 하고 있지 않았다. 이해하고 있을 리가 없었다.

내가 한 말은 전부 료가 살아 있기 때문에 할 수 있었던 것이다.

만약 내 세계에서 그때 내 눈앞에서 료가 찔려 죽었더라면.

나는 절대로 그런 말을 하지 못했을 것이다.

그리고 실제로 그런 일을 당한 가즈네는 아마도 옵셔널 시프트로 건너왔을 것이다. 료가 죽지 않은 이 세계로. 료가 죽은 세상을 부정하기 위해서.

그 결과.

그렇다.

지금 알아차렸다. 그렇다, 13의 세계에서 가즈네가 이곳에 와 있다는 건.

이 세계의 가즈네는 지금 료가 죽은 13의 세계에 있다는 것이다!

"가즈네!"

나의 그 외침이 자신을 향한 것이 아니라는 사실을 알아차렸을 것이다. 눈앞의 가즈네는 대답하지 않았다. 나는 크게 한 번 심호흡을 한 후 가즈네의 어깨에 손을 얹고 말을 걸었다.

"가즈네…… 넌 옵셔널 시프트로 건너온 거야?"

가즈네가 아무 말 없이 고개를 끄덕였다.

"어째서?"

가능한 한 자상하게 물었다.

가즈네는 좀처럼 대답하려고 하지 않았다. 하지만 나는 답을 재촉하지 않았다. 가즈네의 행동을 절대로 책망하지 않았다. 더 이상 가즈네를 상처 입히고 싶지 않았다. 이 세계의 가즈네가 1의 눈이 나온 주사위라면 지금 눈앞에 있는 가즈네는 6의 눈이 나온 주사위다. 둘 다 같은 주사위다.

232

나는 하나의 주사위로서 가즈네의 전부를 사랑하겠다고 결정했다.

"……보."

마침내 가즈네가 입을 작게 열었다.

나는 그 머리를 쓰다듬으며 괜찮아 하고 들리지 않을 정도의 목소리로 속삭였다.

"보고 싶었어."

응.

"한 번이라도 좋으니…… 료를 만나고 싶었어……!"

가즈네가 참을 수 있었던 것은 그때까지였다.

안경을 벗은 가즈네는 눈물이 끝없이 흘러넘치는 양쪽 눈을 닦으면서 큰 소리로 울기 시작했다. 료에게도 엄마에게도 들리겠지. 하지만 나는 울지 말라고 말할 수 없었다. 몸을 떠는 가즈네를 끌어안고 아이처럼 흐느껴 우는 그 등을 쓰다듬어주는 것밖에 할 수 없었다.

그리고 나는 지금부터 어떻게 해야 하는지 생각하고 있었다.

이 가즈네에게 얼른 원래의 세계로 돌아가라는 말은 입이 찢어져도 할 수 없다.

그렇다고 해서 지금 분명 건너편 세계에서 료가 없는 슬

폼에 울고 있을 가즈네를 그대로 둘 수도 없는 노릇이었다.

패러렐 시프트는 가까운 세계일수록 빈번하게 일어나 바로 원래의 세계로 돌아간다. 반대로 멀면 멀수록 시프트할 확률이 줄어들지만, 그런 만큼 시프트하면 원래의 세계로 돌아가기 힘들다. 13이라고 하면 가깝다고는 할 수 없지만 그만큼 먼 세계도 아니다. 내버려두면 자연스럽게 돌아갈 수 있을 것 같기도 했다.

"엄마?"

그때 방문을 열고 료가 조심스럽게 얼굴을 보였다.

"아빠…… 엄마 왜 그래?"

료의 목소리가 들린 순간, 나한테 매달리던 가즈네의 양팔에 힘이 들어갔다.

나는 안심시키듯 그 손을 쓰다듬으며 료에게 말했다.

"아아, 엄마가 배가 아프대. 료, 이쪽으로 와서 쓰다듬어줄래?"

"배? 아파?"

료가 종종걸음으로 달려와 가즈네의 옆에 털썩 주저앉아 그 배에 손을 뻗었다.

"엄마, 괜찮아?"

"료……."

눈물로 엉망진창이 된 얼굴을 들고 가즈네는 료의 얼굴을 천천히 쓰다듬었다.

"고마워……. 료는 착하네."

"엄마 울지 마. 저기 이렇게 하면 배가 나을 거야."

료는 덩달아 울 것 같은 얼굴을 하면서도 가즈네의 배에 손바닥을 대고 천천히 쓰다듬었다. 료가 배탈이 났을 때 가즈네가 늘 해주던 것이었다.

"어때? 기분이 좀 나아졌어?"

"응…… 응……! 고마워, 료……."

눈물을 닦으면서 가즈네가 료에게 미소 짓는 것을 보고 나는 방을 가만히 나갔다. 둘만 있게 해줘야겠다는 마음과 분명 엄마가 걱정할 테니 안심시켜드려야 한다는 생각에서였다.

거실로 돌아가니 엄마는 텔레비전을 틀지 않고 멍하니 소파에 앉아 있었다.

"엄마."

"그래, 고요미……. 가즈네는 괜찮니?"

"응 이제 괜찮아. 지금은 료가 봐주고 있어."

그렇게 말하면서도 대체 뭐가 괜찮은 건지 나는 전혀 알 수 없었다.

"그래……. 저기, 고요미."

엄마가 무언가 말하려던 다음 순간, 내 단말기가 전화 착신을 알렸다.

어쩌지 하고 엄마를 쳐다보자 작게 웃으며 "받으렴" 하고 손바닥을 내밀어주었다. 우선 상대를 확인했다.

"아버지한테 온 전화네……? 미안 엄마. 여보세요?"

— 그래, 고요미. 지금 전화 괜찮니?

"응. 무슨 일이야?"

— 미안하지만 가즈네랑 같이 지금 바로 연구소에 와줄 수 있겠니?

"지금 바로? 가즈네도? 무슨 일이야?"

허질과학연구소는 연중무휴로 가동되고 있었고 휴일은 교대제였다. 그래서 무슨 일이 있으면 휴일에도 이렇게 불려 나가는 일이 허다했다. 그러나 이번에는 아버지의 음색에서 평소와 다른 분위기를 느꼈다.

— 아, 실은…….

그리고 아버지가 말한 용건은 내가 전혀 예상조차 하지 못했던 것이었다.

○

　료를 엄마에게 맡기고 어떻게든 가즈네를 설득해서 둘이서 연구소로 향하자 아버지와 사토 소장이 우리를 기다리고 있었다.

　전화로 들은 말은 나와 가즈네의 IP가 잠겼다는 사실이었다.

　본인의 의사와 관계없이 IP가 잠기는 것은 보통 어떤 범죄와 엮여 있을 때뿐이었다. 짐작 가는 데가 있다면 정월에 벌어졌던 묻지 마 범죄 사건이지만, 그건 이미 범인도 체포되어 해결되었다. 그것 말고 짐작 가는 데는 적어도 나한테는 없었다.

　무슨 일이냐고 아버지에게 묻자 자세한 이야기는 만나서 하겠다고 했기 때문에 이렇게 찾아온 것이었다. 완벽한 방음에 전파가 차단된 미팅룸에 넷이서 들어가 문을 잠그고 아버지는 나에게 사건의 경위를 설명해주었다.

　"간단히 말하자면 평행세계의 너와 가즈네가 살인 사건의 중요 참고인이 되었어."

　"……살인 사건?"

너무 갑작스러운 말이었다. 나는 물론 가즈네도 눈을 동그랗게 뜨고 있었다.

"오늘 아침에 경찰이 와서 자료를 놓고 갔어. 너희 두 사람의 IP 잠금이 강제 집행된 건 어젯밤이래. 사건이 일어난 건 대략 엊그제 밤으로 SIP 상대치는 22 플러스마이너스 10. 평소라면 직접적으로 너희와 관계없는 수치겠지만……."

SIP의 정식 명칭은 '슈바르츠실트 IP'라고 한다. 평행세계에서 어떤 현상이 발생했을 때 그것과 완전히 같은 현상이 일어난다고 여겨지는 세계의 범위를 나타내는 말이다. 22 플러스마이너스 10이라는 것은 이 세계의 IP를 0으로 잡았을 때 그 현상이 일어난 모든 평행세계의 상대적인 중심이 IP 22이고, 같은 현상이 일어난 평행세계의 범위가 플러스마이너스 10, 즉 IP 12~32라는 뜻이 된다.

SIP 수치 안에 0이 들어가 있지 않으면 우선은 자신의 세계와는 관계가 없다고 할 수 있다. 이번 사건의 경우는 IP 12~32. 즉, 이 세계와는 직접적으로 관계가 없다……고 말할 수 있을 터였다. 하지만.

아버지의 말도 '하지만'에서 멈춰 있었다. 나는 그 이유를 알고 있다.

"SIP 범위 내에서 무허가 옵셔널 시프트 기록이 발견됐어. 시프트 거리는 13. 시프트 대상자는 가즈네, 자네일세."

"······네."

그렇다. 지금 이곳에 있는 가즈네의 IP는 13이다. SIP 범위에 아슬아슬하게 들어가 있었다. 이걸로 이 가즈네와는 사건이 무관하다고 말할 수 없게 되었다.

"너희가 올 때까지 정보를 모을 수 있을 만큼 모아봤어. 사건이 일어난 건 엊그제 밤, 대략 20시에서 23시 사이. 사건 현장도 평행세계에 따라서 다소 불규칙해. 이 지도를 좀 보렴."

그렇게 말하고 아버지가 펼친 것은 요즘 시대답지 않게 아날로그 종이 지도였다. 내가 살고 있는 동네의 상세한 지도로 그중 몇 군데 장소에 표시가 되어 있고 숫자가 적혀 있었다.

"이게 각각의 평행세계에서 발생한 사건 현장이야."

하나하나를 살펴봤다. 건물 안이거나 골목길이거나 공원이기도 했지만, 공통점을 꼽아보자면 하나같이 자신의 집에서 그리 멀지 않은 장소라는 것이었다.

— 그렇다기보다도.

"이 장소는 틀림없어?"

지도상에 표시된 건물 하나를 가리키고 나는 아버지에게 확인했다. 아버지는 씁쓸한 얼굴을 하고 고개를 천천히 끄덕였다.

"응. 몇 번이나 확인했으니 틀림없어. 지금 네가 살고 있는 집이야."

그 말 그대로였다. 평행세계의 우리 집이 살인사건의 현장이 되어 있었다.

"그럴 리가…… 대체 왜."

"그건 피해자를 보면 알지도 몰라."

아버지가 다음으로 꺼낸 자료는 사건의 피해자로, 얼굴 사진이 붙은 간단한 프로필이었다. 40대 여성으로 우선 그 얼굴을 본 기억은 없었다. 이름을 들어본 적도 없다……고 생각했지만.

"……그 성(姓), 혹시."

"그래. 정월에 벌어졌던 묻지 마 범죄 사건. 그 범인의 아내야."*

이어지길 원하지 않던 실마리가 하나씩 이어졌다.

"이쪽 세계에서는 사망자가 나오지 않았지만, 20 정도

---

* 　일본은 결혼을 하면 아내가 남편의 성을 따르는 경우가 많다.

떨어진 세계에서는…… 료가 죽었나 보더군. 당연히 이쪽 세계에 비할 바가 못 될 만큼 보도가 나갔다고 해. 너희 집도 미디어에서 몇 번인가 다뤄져서 범인의 아내가 장소를 알았다고 하고. 그래서 엊그제 밤에 혼자 사죄를 하러 갔다고 하더군. 그랬다가…….”

살해당했다.

여기까지 조건이 모이면 우리가 가장 유력한 용의자인 이유는 명백했다.

그리 멀지 않은 평행세계에서 나와 가즈네의 아이, 료는 범인에게 살해당했다. 그리고 그 세계에서 SIP에 포함되는 살인 사건이 일어났고 피해자는 살인범의 아내, 사건 현장은 우리 집이라면 더 생각할 것도 없었다. 이 사건의 가장 유력한 용의자는.

“경찰은 지금 가즈네를 가장 유력한 용의자로 보고 있나 보더구나.”

“가즈네를?! 말도 안 돼!”

내 예상은 최악의 형태로 빗나갔다. 이 상황에서라면 가장 유력한 용의자는 나일 터였다. 왜냐하면 이번 살인 사건이 일어난 범위 내의 세계에 있던 가즈네는, 대부분 료의 사건이 일어나지 않은 세계에서 시프트했을 테니 말이다.

즉, 료가 살해당하지 않은 세계의 가즈네. 단적으로 말하자면 범행 동기가 없었다.

게다가 시프트한 것은 능동적이 아니라 수동적이었다. 옵셔널 시프트를 실행한 것은 사건이 일어난 세계의 가즈네로, 아마도 료가 살해당했다는 슬픔에 시프트를 실행했을 테다. 이쪽 세계의 가즈네는 그에 휘말렸을 뿐이라고 할 수 있다.

"이상하잖아! 가즈네는 외부에서 시프트당했을 뿐이니 살인을 저지를 동기가 없어! 그렇다면 오히려 —."

하려던 말을 간신히 삼켰다.

큰일 날 뻔했다. 이건 순간적인 생각으로 내뱉을 말이 아니었다. 그렇다면 오히려 살인을 저지른 가즈네가 시프트해서 이쪽으로 도망쳐 왔다는 쪽이 앞뒤가 맞을 것 같다는 말.

"진정해. 가즈네가 가장 유력한 용의자인 건 물론 이유가 있어. 살인 사건이 일어난 게 시프트한 후라는 점은 있지만, 그보다 중요한 건 알리바이야."

"알리바이? 가즈네한테만 알리바이가 없었다는 거야?"

"반대야. 대부분 가즈네한테만 알리바이가 있었던 모양이야. 다만 후속 조사에서 그 대부분이 무너졌다고 하더구나."

말도 안 되는 소리다. 그건 마치…… 마치 가즈네가 이른바 알리바이 트릭을 사용한 것 같지 않은가.

"가즈네의 알리바이 증거는 각각의 세계에서 네가 한 증언에 많이 의존했던 모양이야. 하지만 경찰은 가족의 증언 따윈 신용하지 않아. 처음부터 의심하고 조사를 진행한 결과…… 네가 가즈네의 알리바이를 만들기 위해 위장 공작을 펼친 흔적이 차례로 발견됐다고 하더구나."

"……말도 안 돼."

정리하자면 이렇다는 건가.

평행세계에서 료가 살해당해 슬퍼하던 그 세계의 가즈네가 료가 살해당하지 않은 내 세계로 시프트해 왔다.

그 세계로 교체되어 간 가즈네는 료가 살해당했다는 사실을 알게 되었고, 며칠 후 밤에 범인 아내의 방문을 받아들였다.

그리고 살해했다.

그 세계의 나는 가즈네를 감싸기 위해 알리바이 공작을 펼쳤다.

하지만 공작은 경찰에게 간파당해 결과적으로 가즈네는 가장 유력한 용의자가 되었다.

"그럴 리가……. 그런 말도 안 되는 일이 있을 리 없잖아!"

나도 모르게 있는 힘껏 책상을 내리쳤다.

"가즈네가 범인일 리가 없어! 가즈네한테는 동기가 없어! 그야 가즈네는……."

료를 잃지 않았으니까.

그 한마디를 가즈네 앞에서 도무지 할 수 없었다.

"아인즈바하의 문."

그 말을 한 사람이 누구인지 나는 알 수 없었다.

"소장님?"

아버지가 중얼거리는 말로 그것이 사토 소장이 한 발언이라는 사실을 알았다. 그런데 소장이 지금 뭐라고 했지? 아인즈바하?

"그 문을 지나기만 해도 어떤 선한 사람이든 천진한 아이든 살인귀가 되죠. 그런 문이 있다고 몇십 년 전쯤 작가가 말했어요."

지금까지 우리가 나누는 대화에 아무 흥미도 없다는 듯이, 단지 지루하다는 듯이 멀거니 있던 소장이 느닷없이 무슨 소리를 하는 걸까.

아인즈바하의 문? 지나간 사람은 누구나 살인귀가 된다고? 가즈네도 그 문을 지나갔다고 말하고 싶은 걸까? 웃기지도 않는다. 그런 게 있을 리가 없다. 사람이 느닷없이 그렇게 변할 일이 있을 리가 없잖은가.

소장은 고개를 힐끗 들어 올리고 갈피를 잡을 수 없는 눈빛으로 나를 무겁게 꿰뚫었다.

"……어쨌거나 IP 잠금을 해제하고 가즈네를 소환하죠. 가즈네랑 이야기를 해봐야겠어요."

"고요미, 알잖아. 경찰의 허가 없이는 해제할 수 없어."

"해서는 안 된다는 거지 못하는 건 아니잖아."

"소장으로서도 그건 허가 못하겠군요. 여러모로 번거로워질 것 같고요."

……실질적으로 이 연구소의 투톱인 소장과 아버지가 반대한다면 실행은 불가능했다. 그렇다면 나는 어떡해야 좋단 말인가.

"우선 잠시 일을 쉬어도 괜찮아. 정보가 뭐라도 들어오면 바로 알려줄게. 그러니 차분하게 기다려."

차분하라고? 이 상황에서? 가능할 리 없다.

하지만 더 이상 어찌할 수가 없어서 나는 적어도 경찰에게 받은 자료를 전부 복사해서 집으로 가지고 돌아갔다.

0의 세계의 가즈네에 대한 마음과 13의 세계에서 온 가즈네에 대한 마음.

양쪽에 한없이 먹먹한 마음을 끌어안고서.

○

　밤이 깊어서도 잠이 오지 않았다.

　13의 세계의 가즈네가 이 세계로 시프트한 것은 일주일 전이다. 사건이 일어났을 때 13의 세계의 가즈네는 이미 이쪽 세계에 있었다. 다시 말해 13의 세계의 가즈네는 범인일 리가 없다. 옵셔널 시프트 기록은 경찰이 철저하게 조사했을 것이다. 이 사실은 변함 없다. 그런데 나는 그때 격정에 휩싸여서 순간적으로 13의 세계의 가즈네를 의심하고 말았다. 용서받을 수 없는 일이다. 그때 그 말을 입 밖에 내지 않아서 진심으로 다행이라고 생각했다.

　어쨌거나 13의 세계의 가즈네는 범인이 아니다. 그렇게 되면 다음 용의자는 13의 세계의 나다. 13의 세계의 나는 료를 잃었기 때문에 동기도 충분하다.

　하지만 내가 범인이라면 어째서 가즈네의 알리바이를 꾸민 걸까?

　상황을 미뤄보건대 가즈네도 혐의를 받게 될 것을 예상하고 누명을 쓰지 않게 하기 위해 알리바이를 만들었을 가능성이 있다. 그러나 경찰의 자료에 따르면 13의 세계의 나는 범행을 부인하고 있다. 가즈네를 지키고 싶다면 가즈네의 알리바이를 만든 다음 내가 범인이라고 자수하는 편이 제일 타당할 것이다.

하지만 나는, 나도 가즈네도 아닌 제3자가 범인이라고 주장하고 있었다.

13의 세계에서 우리 집은 묻지 마 범죄 사건 피해자의 집으로 유명해졌다. 구경삼아 보러 온 누군가가 사죄하러 방문한 범인의 아내와 우연히 마주쳤다가 정의감에서 범행에 이르게 된 것이 아닐까 주장하고 있었다.

말도 안 되는 소리는 아니지만 역시 무리가 있는 주장이었다. 갈수록 누군가를 감싸고 있는 게 아닌가 하는 생각으로 빠져들었다.

만약 내가 감싸려고 한다면…… 결국 가즈네밖에 없다.

그러나 역시 0의 세계의 가즈네가 범인이라고는 생각할 수 없었다.

가즈네는 묻지 마 범죄 사건이 일어났을 때 내가 터무니없는 행동을 한 후, 나에게 이렇게 말했다. 만약 고요미에게 무슨 일이 일어나면 제일 가여워지는 건 료라고.

가즈네는 료를 최우선으로 생각한다. 료가 0의 세계에 살아 있는데 평행세계에서 사람을 죽이고 돌아오지 못하는 터무니없는 행동을 저질렀다고는 생각할 수 없었다.

그렇다면 나에게 남은 예측은 하나밖에 없었다. 단 한 가지를 제외하고, 부자연스러운 상황을 전부 설명할 수 있는 답.

13의 세계의 내가 0의 세계의 가즈네가 의심받도록 만들고 있다?

그렇게 생각하자 부자연스러운 상황이 전부 설명이 되었다.

"고요미."

작은 목소리가 나를 불렀다.

돌아보니 잠들었다고 생각했던 가즈네가 어딘가 걱정스러운 눈으로 나를 보고 있었다.

"뭐 해? 아직 안 자?"

"잠이 안 와."

"……사건에 대해서 생각하고 있어?"

가즈네는 그렇게 말하며 가까이 다가와서 앉더니 고타쓰에 다리를 넣었다.

그대로 말없이 나를 바라보는 그 눈동자에 나는 입을 열고 있었다.

"아무래도 가즈네가 범인이라고는 생각하기 힘들어서.

하지만 내가 범인이라고 한다면…… 내가 보기에는 가즈네에게 죄를 뒤집어씌우려고 한다고밖에 생각할 수가 없어. 어떤 세계에서든 내가 가즈네에게 그런 짓을 할 거라곤 생각하고 싶지 않지만."

생각할 수 없다고 할까, 생각하고 싶지 않다고 할까.

내 생각은 결국 그런 감정론에서 멈추고 말았다.

"응. 나도 고요미가 그런 행동을 할 거라곤 생각하고 싶지 않아. 고요미는 나한테 말해줬어. 내 모든 가능성을 사랑한다고. 그러니 이 세계의 나한테도 심한 행동은 하지 않을 거라고 생각해."

아아, 그건 내가 가즈네에게 한 말이었다. 역시 평행세계의 나도 나였다.

"……그것보다도."

"응?"

가즈네가 심각하게 골몰하는 얼굴로 무언가를 말하려고 했다.

"……나는."

다음 말이 좀처럼 나오지 않았다. 나는 무리하게 재촉하지 않고 가만히 가즈네가 입을 열기를 기다렸다.

마침내 가즈네가 말했다.

"나는…… 죽일, 지도, 몰라……."

무슨 소리를 하는가 싶었다.

그건 그렇다. 13의 세계의 가즈네는 료를 잃었다. 그러니 어쩌면 이 가즈네라면 살해할지도 모른다. 13의 세계의 가즈네에게는 동기가 있다. 그건 맨 처음부터 알고 있었다. 하지만.

"넌 절대로 죽이지 않았어. 그건 알아. 넌 일주일 전부터 이 세계에 있었으니까. 이틀 전 건너편 세계에서 일어난 사건의 범인일 리가 없어."

"아니야. 그게 아니라……."

그게 아니라면 뭘까. 나는 죽일지도 모른다……. 아아, 그렇구나. 반대로 0의 세계의 가즈네는 죽일 리가 없다. 동기가 없다는 사실을 말하려고 하는 걸까?

"만약 내가 0의 세계에 사는 사람이고…… 13의 세계로 시프트해서 료가 살해당했다는 사실을 알게 되면…… 그것만으로도 나는 죽일지도 몰라……."

……무슨 소리를 하는 거지.

료를 잃지 않은 가즈네가 료가 살해당한 세계로 시프트하면 그것만으로도 동기가 된다고 말하는 건가?

그래서는 마치, 마치.

"……가즈네가 범인이라는 거야?"

"그게 아냐. 그게 아니라…… 가능성은 있을지도 모른다는 거야……."

내 머리가 새하얘졌다.

그러고는 새빨개졌다.

웃기지 마. 그렇게 착한 가즈네가 사람을 죽일 리가 없잖아.

진지하게 들을 필요도 없었다. 가혹한 말이었다.

이 가즈네가, 13의 세계의 가즈네가 0의 세계의 가즈네에 대해서 알 리가 없다.

아이를 잃은 13의 세계의 가즈네가 아이를 잃지 않은 0의 세계의 가즈네의 마음을 알 리가 없다.

어째서 그런 소리를 하는 걸까. 다른 세계에서 온 주제에.

애초에…… 왜 우리 세계에 온 거지.

우리는 행복했다. 행복한 상태였다.

그런데 어느새 가즈네는 료가 살해당한 세계로 시프트됐고 살인 혐의를 받아서 IP가 잠겼다.

이대로 가즈네의 혐의가 풀리지 않으면 어떻게 되는 걸까? 0의 세계의 가즈네는 13의 세계에서 체포당해 IP는 계속 잠긴 채 돌아오지 못하고, 이 세계에서는 13 세계의 가즈네가 료의 엄마로 행복하게 살아가는 걸까?

웃기지 말라고 그래.

어째서 가즈네가, 우리가, 느닷없이 평행세계에서 찾아온 다른 가즈네에게 행복을 빼앗겨야 한단 말인가.

그때.

13의 세계의 가즈네가 무척이나 슬픈 눈으로 나를 쳐다보고 있다는 사실을 알아차렸다.

나는 온몸에 식은땀을 흘렸다.

나는…… 나는 지금 가즈네를 두고 무슨 생각을 한 걸까?

모든 가능성을 사랑한다고. 주사위에서 나온 하나의 눈으로서가 아니라 온전한 주사위로서 결혼하자고 맹세한 상대에게 무척이나 모진 생각을 하고 있는 건 아닐까?

나는 방금 엄청나게 가혹한 표정으로 가즈네를 노려보고 있지는 않았을까?

0의 세계의 가즈네만 생각하면서 13의 세계의 가즈네의 감정 따윈 배려하지도 않고서.

맹세를 잊고.

"……아."

언젠가의 맹세를 짓밟는 듯한 자기중심적인 그 분노가.

"설마……."

갑자기 내 머리에 한 가지 생각을 떠오르게 했다.

패러렐 시프트.

옵셔널 시프트.

0의 세계의 가즈네와 13의 세계의 가즈네.

IP 잠금.

살인 사건.

평행세계의 나.

모든 가능성을 사랑하겠다는 맹세.

그것을 지키지 못한 나.

"가즈네."

"응?"

"미안."

사과하는 수밖에 없었다.

"어째서 사과하는 거야?"

의아한 듯이 가즈네가 물었다. 어째서라니 그건.

깨달았기 때문이다. 너무나도 제멋대로인, 이 사건의 진상을.

"범인을 알겠어."

○

　─일주일 후.

　가즈네의 IP 잠금은 해제되었다. 옵셔널 시프트로 원래
세계로 되돌려 보내기 위해 우리는 연구소 시프트 룸에 모
여 있었다.

　IP 캡슐 안에 누운 13의 세계의 가즈네. 그로부터 일주
일간 가즈네는 일을 쉬면서 료와 계속 함께 보냈다. 하지
만 그것은 자신이 조만간 돌아가야 한다는 각오를 했기 때
문일 것이다. 그래서 나도 비난하지는 않았다. 그러지 않을
만큼 13의 세계의 가즈네를 배려할 마음도 어떻게든 되찾
은 상태였고, 애초에 나한테 그런 자격이 있을 거라고도 생
각할 수 없었다.

　"고요미가 말한 대로였네."

　캡슐을 닫기 전에 가즈네가 나한테 말을 걸었다.

　범인을 알았다. 내가 제공한 정보는 경찰에 의해 병렬화
되었고, 어제 진짜 범인이 체포되었다는 알림이 평행세계
에서 도착했다.

　진짜 범인은 물론 평행세계의 나. 13의 세계의 다카사키

고요미였다.

사건의 타당한 흐름은 이러했다.

평행세계의 료가 살해당한 후 그 사실을 슬퍼하던 그 세계의 가즈네가 료가 살해당하지 않은 세계로 시프트해서 왔다.

대신해서 그 세계로 갔던 가즈네는 료가 살해당했다는 사실을 알았다.

며칠 후 밤, 그 범인의 아내가 사죄하기 위해서 우리 집을 방문했다.

이때 바로인지, 되돌려 보낸 후 그 아내의 뒤를 쫓았는지 그것은 평행세계에 따라서 미묘한 차이가 있었지만.

어쨌든 평행세계의 나는 범인의 아내를 살해했다.

13의 세계의 나는 아이디어를 떠올렸던 것이다.

이 여자를 죽이고 0의 세계의 가즈네에게 죄를 뒤집어씌우면 경찰이 가즈네의 IP를 잠글 것이라고.

그러면 13의 세계의 가즈네는 옵셔널 시프트로 되돌려 보내지지 않고 적어도 이 사건이 해결될 때까지 쭉 료가 살아 있는 세계에서 행복하게 살 수 있다고.

그러기 위해서 13의 세계의 나는 가즈네에게 알리바이 공작을 시도했다. 다만 조사하면 꾸몄다는 사실을 바로 알 수 있도록 일부러 어설프게 말이다.

계획대로 경찰은 그 공작을 간파해 다카사키 고요미가 아내의 범행을 감싸기 위해 알리바이 공작을 시도했다고 판단했고, 가즈네는 유력한 용의자가 되었다.

"어떻게 그렇게 갑자기 알게 됐어?"

내가 그 진상에 도달하게 된 계기는 누구에게도 말하지 않았다.

하지만 가즈네에게는 솔직히 말해야 한다고 생각했다.

"내가 진상을 깨달았던 밤. 너한테 어쩌면 0의 세계의 가즈네에게도 동기가 있을지 모른다는 이야기를 듣고…… 나는 너를 증오했어."

그렇다. 나는 증오하고 말았다. 주사위의 여섯 번째 눈을.

"그때 나는 0의 세계의 가즈네밖에 생각하지 않았어. 모든 가능성을 사랑하겠다는 맹세 따윈 전부 잊어버리고."

가즈네는 단지 묵묵히 내 말을 듣고 있었다.

"내가 그런 상태니 어쩌면 13의 세계의 나도 그렇지 않을까 싶더라. 13의 세계의 나는 13의 세계의 가즈네만 생각해서 행동하지 않았을까. 특히 건너편의 나는 료를 잃었어. 역시 평정심을 유지하기 힘들었을 거야."

사람이 느닷없이 변할 리는 없다고 생각했다.

하지만 그렇지 않다는 사실을 나 자신이 증명하고 말았다.

그래서 깨달았다. 13의 세계의 나도 분명 변했을 것이라고.

"13의 세계의 내가 13의 세계의 가즈네를 위해서 할 수 있는 게 뭘까 생각해봤더니 그 답에 도달했어. 0의 세계의 가즈네나 죄가 없는 사람을 희생해서 13의 세계의 가즈네를 행복하게 만들 것 같다고."

나는 내 나름대로. 또한 그쪽의 나도 자신의 나름대로.

주사위의 한쪽 눈만을. 자신의 세계에 사는 가즈네만을 사랑하고 말았다.

"……너무 제멋대로야. 돌아가면 이혼해버릴까."

"……용서받을 만한 행동은 아니지만 가능하면 기다려주지 않을래?"

"그럼 한 번 더 맹세해."

"맹세할게. 난 가즈네를 하나의 주사위로서 사랑해. 모든 가능성을 사랑해."

"……응. 그럼 용서해줄까 봐."

"13의 세계의 나한테도 맹세하게 해야지."

"괜찮아. 둘 다 같은 주사위잖아?"

그렇게 말하고 가즈네는 살짝 웃었다.

그리고 작은 목소리로 속삭이듯이 돌아갈게, 라고 말했다.

○

캡슐 뚜껑을 닫고 IP 13으로 조절한 전자파를 제어했다.

분명 지금 가까운 평행세계에서 일제히 같은 일이 벌어지고 있을 것이다.

옵셔널 시프트는 감각으로는 몇 초간 눈을 감고 있을 뿐이다. 눈을 뜨고 있어도 되지만 시야 정보의 혼란을 줄이기 위해서는 역시 감고 있는 편이 나았다.

캡슐 안에서 눈을 감은 가즈네의 얼굴을 아무 생각 없이 바라보고 있었다.

그러자 갑자기 그 입가가 일그러졌고.

찌푸린 미간이 가늘게 떨리기 시작했다.

감고 있던 눈꺼풀에서 한 줄기 눈물이 흘러내렸다.

그리고 가즈네가 그렇게 말하는 것이 나한테 또렷하게 들렸다.

"분해."

"왜 그쪽만."

○

그날 밤.

돌아온 가즈네와 나와 료 셋이서 오랜만에 나란히 잤다.

이미 혼자 자는 데 익숙한 료는 혼자서 자겠다고 불만을 부리면서도 어딘가 조금 기뻐 보였다. 부모의 바람인 걸까.

잠든 료가 깨지 않도록 나와 가즈네는 작은 목소리로 대화를 주고받았다.

"99퍼센트의 행복이 남은 1퍼센트의 불행으로 성립돼 있다면…… 우린 어쩌면 좋을까. 이대로 행복해도 괜찮을까."

"……잘은 모르지만 행복한 이상은 행복해야 한다고 생각해. 그렇지 않으면 1퍼센트의 불행이 보람 없잖아……. 이건 분명 우리가 행복하니까 할 수 있는 말이겠지만."

"그럴지도 모르지……."

1퍼센트의 불행이 99퍼센트의 행복을 어떻게 생각할까. 헤어질 때 들었던 가즈네의 말이 그 대답이었다.

"그렇지만 역시 우리는 뻔뻔스럽게라도 행복해야 돼. 그리고 다음 행복으로 이어나가야 해. 1퍼센트의 불행을 밟아 뭉개는 게 아니라 지지대로 삼아서."

"지지대로 삼아도 괜찮을까?"

"괜찮고 안 괜찮고 따질 일이 아니지. 우린 이미 그곳에 서 있으니까. 여러 가능성 위에 서서 그곳에서 살아가는 수밖에 없어."

"응……. 그러네."

나와 가즈네 사이에서는 료가 조용히 숨소리를 내며 자고 있었다. 그 뺨을 사랑스럽게 어루만지는 가즈네의 손에 나도 손을 포갰다.

잠들기 전에 나는 가즈네에게 다시 한 번 더 맹세했다.

"난 네 가능성 전부를 사랑해. 1퍼센트의 불행도 포함해서 이번에야말로."

그에 대한 답으로 가즈네는 나에게 말했다.

"난 내가 얼마나 행복한지 잘 알 것 같아."

나도야, 라고 답했다.

평온한 시간이 흐르고 나와 가즈네가 환갑을 맞이했을
무렵.

"아버지, 어머니……. 실은 결혼을 생각하는 사람이 있
어요."

그렇게 말하고 료가 데려온 사람은 에리라는 조금 가냘
프고 무척이나 귀여운 여자아이였다.

반대할 이유는 전혀 없었다. 애초에 그것은 갑작스러운
일도 아니었다. 에리가 료와 사귀기 시작할 무렵부터 우리
집에 놀러 왔기 때문에 우리 입장에서는 "아, 드디어?"와
같은 반응이었다. 그렇게 머지않은 결혼을 앞두고 가족 같
은 교류도 조금씩 시작되었다.

료가 마침내 결혼하겠다는 말을 꺼낸 것은 그로부터 2년 후 봄이었다. 생각보다 시간이 걸렸기 때문에 몰래 모아두던 결혼 자금이 꽤 큰 금액이 되어 있었다. 결혼식도 화려하게 올릴 수 있다고 말했더니 소박하게 해도 괜찮다는 말을 들었다. 아쉬웠다.

문제가 일어난 것은 그날 밤이었다.

"아버지, 어머니 잠시만요."

료와 우리 집에 묵고 있던 에리가 둘이서 우리 부부의 방에 들러서 무언가 상담할 게 있다고 했다. 나와 가즈네는 무심코 자세를 고쳤다.

하지만 료도 에리도 말을 좀처럼 꺼내기 힘들어했다. 설마 심각한 병에라도 걸렸나 싶어서 진심으로 불안해지기 시작했다.

"그래서 의논할 게 뭐니?"

나는 마음을 다지면서 물었다. 가즈네도 심각한 표정으로 귀를 기울였다.

골똘히 생각하는 표정으로 대체 무슨 고민을 하나 싶더니.

"실은 결혼식 날에 IP 잠금을 하고 싶어요."

우리는 허탈해졌다.

"저기…… 만약 결혼식 당일에 시프트한다고 생각하면

불안해져서요……. IP를 잠그면 안심할 수 있잖아요."

이유는 물론 들을 필요도 없었다. 료와 에리는 나와 가즈네가 결혼했을 때와 완전히 같은 불안을 겪고 있는 것이다.

"아버지가 일하는 곳, 분명 IP 잠금도 하죠? 그러니 가능하면 부탁하고 싶은데…… 안 될까요?"

이 무렵 IP 고정화 기술은 상당히 일반화되어서 원한다면 결혼식 등의 특수한 상황에서 IP를 잠그는 일은 일반적으로 허용되고 있었다. 물론 허가 신청서를 내서 엄중한 확인을 받아야 하지만, 이 무렵의 우리는 연구소에서 바라지도 않던 출세를 했기에 그 일에도 입김을 불어넣을 수 있는 입장이었다. 따라서 료와 에리가 부탁한 것도 당연하다면 당연한 일이었다.

그런데 그 일을 상담하는 데 이렇게까지 고민했다는 것은 아마도 자력으로 그 사실에 도달했다는 뜻일 테다. IP 고정화는 가능성의 세계를 제거할 수도 있다는 사실에.

그럼에도 사랑하는 단 한 사람과 결혼하고 싶어서 이렇게 상담을 요청한 것이다.

나와 가즈네는 두 사람의 그 바람을 긍정하지도 부정하지도 않았다.

"잠깐 추억을 이야기해볼까."

"그래요. 그게 좋을 것 같아요."

우리는 그저 추억 이야기를 들려주었다.

우리 두 사람의 황당무계한 만남에서부터 내가 계속 차였던 일, 지나치게 건성이었던 가즈네의 고백, 프러포즈에 도달하게 된 에피소드. 같은 고민을 했던 것, 역시 첫 경험 실패담까지는 이야기하지 못했지만 말이다.

그리고 결혼식 날 IP 단말기를 벗고 서로의 전부와 결혼했다는 것.

너무나도 사랑하는 아들이 태어났던 것.

큰 사건에 휘말려서 맹세를 깰 뻔했다는 것.

지금 행복하다는 것.

그런 모든 이야기를 사랑하는 아이들에게 들려주었다.

정말로 단순히 들려주기만 했다. 그 이야기를 듣고 무슨 생각을 하고 어떻게 결정할지는 모두 료와 에리 두 사람에게 맡겼다.

결혼식 당일 두 사람의 손목에 IP 단말기가 있었던가 없었던가.

어쨌더라. 최근 들어 건망증이 심해져서 도무지 기억이 나지 않는다……는 걸로 해두자.

○

이듬해 료와 에리 사이에 아이가 태어났다. 귀여운 여자아이였다.

두 사람은 딸에게 '아이'라는 이름을 붙여주었다.

우리 부모님은 안타깝게도 아이를 안아보기도 전에 세상을 떠났지만 나와 가즈네, 료와 에리와 아이, 우리 가족은 무척이나 행복했다. 나와 가즈네도 무척이나 행복하게 나이를 먹고 있었다.

아이가 무럭무럭 자라서 초등학생이 되었을 무렵, 내 위에서 암이 발견되었다. 다행히도 조기에 발견되었기 때문에 몸에 부담이 가지 않는 치료를 받았지만 아무래도 마지막의 마지막 순간에 나는 운에 버림받았는지 73세에 죽음을 선고받았다.

나는 그대로 병원에서 세상을 뜰까 했지만, 가족들이 거세게 반대했다.

재택 임종이라는 말을 알게 된 것은 아주 최근의 일이다.

암에 걸려 여생이 얼마 남지 않은 환자가 병원의 치료나 호스피스의 돌봄을 거부하고 익숙한 자신의 집에서 가족들에게 둘러싸여 마지막 시간을 보낸다. 그 선택지가 료와 에리의 입에서 나왔다는 사실에 나는 행복했다.

료와 에리, 아이에게 폐를 끼치고 싶지는 않았지만, 그보다 모두들 나와 마지막 순간까지 함께 지내고 싶어 한다고 생각되어 기뻤다.

항암제는 사용하지 않을 것, 연명치료도 받지 않을 것이라는 두 가지 조건하에 나는 재택 임종을 선택했다.

일흔셋. 어쩌면 죽기에는 아직 조금 이를지도 모르지만, 신기하게도 두려움이나 불만은 없었다. 큼직한 집에서 사랑하는 아내, 믿음직한 아들과 상냥한 며느리, 귀여운 손녀에게 둘러싸여 보내는 노후. 설령 내일, 괴로움 속에서 심장이 고동을 멈춘다 하더라도 곁에 가족이 있어준다면 웃으며 세상을 떠날 수 있을 것이다. 행복한 인생이었다.

그리하여 병원에서 집으로 돌아와 가즈네와 더불어 평온하게 여생을 보내고 있었다. 그러던 어느 날.

내 IP 단말기가 다음 달 스케줄을 음성으로 알리기 시작했다.

이 단말기는 월말이 되면 다음 달에 입력된 스케줄을 자동으로 알려준다. 하지만 이 나이가 되고서는 이제 누군가와 만날 약속이 입력되어 있을 리도 만무했다. 대체 어떤 스케줄인가 싶어서 나는 고개를 갸웃거리며 단말기의 음성을 들었다.

그리고 나는 기억에 전혀 없는 그 약속을 알게 되었다.

'8월 17일, 오전 10시, 쇼와 거리 교차로, 레오타드 소녀.'

종
장
　또
　는
　서
장

✴

　─문득 제정신으로 돌아왔다.

　눈앞에는 커다란 교차로에 횡단보도가 깔려 있었다. 지
금은 신호가 빨강이고 그 위를 많은 차들이 오가고 있었다.

　멍하니 있었다. 지금 내가 무엇을 하고 있었는지를 떠올
렸다.

　……그렇다. 횡단보도 위에 여자아이가 있었고 말을 걸
었더니 사라져버렸다. 혹시 패러렐 시프트를 했나 싶어서
IP를 확인했지만, IP가 표시되지 않아서 무슨 일인가 생각
하고 있었다.

　왼쪽 손목의 IP 단말기를 쳐다보았다. ERROR가 표시되
어 있었다. 역시 망가진 상태였다.

조금 전에는 IP를 알 수 없다는 사실에 살짝 불안감을 느꼈지만, 지금은 이상하게도 전혀 두렵지 않았다. 아니 생각해보면 이상할 것조차 없었다.

내가 어릴 적에는 세상에 IP 따위는 없었다. 우리는 평행 세계의 존재를 픽션으로 여기고 자각도 하지 못한 채 평행 세계가 존재하는 일상을 살아가고 있었다.

단지 그 시절로 돌아간 것뿐이지 않은가.

이 세계 또한 하나의 주사위다. 어떤 눈이 나왔는지 보이지 않는 주사위.

살아갈 날이 얼마 남지 않은 인생이지만 모든 가능성을 사랑하면서 살아가야 하지 않겠는가. 나는 아주 자연스럽게 그런 생각을 했다. 사라진 소녀는 신경 쓰였지만 내가 어찌할 수 있는 게 아니었다. 유령이라도 본 걸로 생각하자.

그런데 곤란했다. 나는 애초에 누군가를 기다리고 있었다.

IP 표시는 망가졌지만 다른 기능은 살아 있었다. 시계를 보니 10시 5분이었다. 약속 시간이 지났는데 아는 얼굴이 나타날 기미는 보이지 않았다. 오전 10시 쇼와 거리 교차로, 레오타드 소녀. 시간도 장소도 이곳이 틀림없다. 날짜도 정확했다.

어찌된 일일까. 딱히 다른 스케줄도 없으니 멍하니 기다려도 상관없지만, 공원이라면 그렇다 쳐도 휠체어에 앉은 노인이 교차로에서 멀거니 계속 있다가는 자칫하면 경찰이 보호하러 올지도 몰랐다.

하지만 기껏 왔으니 30분 정도는 기다려볼까 싶었다.

그렇게 생각하고 나는 사람들에게 방해가 되지 않도록 레오타드 소녀 동상이 있는 초록색 잔디 쪽으로 휠체어를 밀었다.

그리고 교차로가 보이는 방향으로 회전하는데.

"윽……."

명치 부근을 중심으로 이제는 익숙해진 통증이 찾아왔다.

마치 가슴에 나무공이를 억지로 박아 넣어서 몸속을 짓이기는 듯한 불쾌한 통증이 지속적으로 덮쳐왔다. 나는 거친 숨을 쉬고 진땀을 흘리면서 주머니에서 약 케이스를 꺼냈다.

"앗……."

실수했다. 손이 떨려서 약을 떨어뜨리고 말았다. 몸을 숙이고 손을 뻗었지만 도저히 닿을 것 같지 않았다. 그렇다고 휠체어에서 내리면 자력으로는 다시 앉지 못할 것 같았다. 허둥지둥하는 동안에도 통증은 심해졌고 갈수록 시야가 뿌예졌다.

사치스런 소리일지도 모르지만.

가능하면 이런 식으로는 죽고 싶지 않았다.

아이나 에리나 료나.

가즈네의 간호를 받으면서 다다미 위에서 죽고 싶었다.

"……저기, 괜찮으세요?"

모르는 부인의 목소리가 다가왔다. 느낌이 나와 비슷한 연령대인 것 같았다. 아무래도 나를 보고 도와주러 온 모양이었다.

"지금 구급차를……."

"약……."

"네?"

"약…… 좀 주워주세요…… 밑에……."

필사적으로 발밑에 떨어진 약 케이스를 가리켰다. 그 사실을 알아차린 부인이 고급스런 옷이 더러워지는 것도 개의치 않고 쭈그려 앉아서 주워 주었다. 좋은 사람이었다.

"약…… 어느 거예요?! 종류가 많네요!"

"전부…… 하나씩이요……."

"전부 하나씩…… 이거랑 이거랑…… 자아, 드세요. 드실 수 있겠어요?"

내가 손을 뻗자 부인은 그 손을 무시하고 굳이 자신의

손으로 내 입에 약을 옮겨다 주었다. 패트병에 담긴 물까지 마시게 해주어서 나는 힘들지 않게 약을 먹을 수 있었다.

"구급차는요?"

"괜찮아요……. 괜찮아. 고마워요……."

그리고 몇 분에 걸쳐 호흡을 진정시켰다. 약이 그렇게 빨리 들을 리는 없지만, 이런 것은 마음먹기에 달렸다.

몇 분이 더 지나자 마침내 상태가 편안해져서 눈을 천천히 떴다.

그러자 놀랍게도 조금 전의 부인이 여전히 걱정스러운 얼굴로 나를 보살펴주고 있었다.

"……고마워요. 큰 신세를 졌군요."

"아니요. 이제 정말 괜찮으세요?"

"덕분에 괜찮아요."

"그래요? 다행이네요."

그렇게 빙긋이 웃는 얼굴이 참으로 상냥해 보였다.

"정말 덕분에 살았습니다. 뭔가 사례를 해드리고 싶은데 괜찮으시다면 이름을 여쭤봐도 될까요?"

"아뇨 괜찮아요. 곤란할 때는 서로 도와야죠. 이름을 댈 만한 사람도 아니에요."

"아뇨, 그치만."

내가 물고 늘어지려고 하자 부인이 살짝 웃음을 터뜨렸다.

"왜요?"

"아뇨, 그게 말이죠. 호호호호. 죽기 전에 한 번은 말해보고 싶었어요. 이름을 댈 만한 사람은 아니에요라고요. 아슬아슬하게 시간에 맞췄네요."

"아하하, 그거 참 다행이군요. 힘들어한 보람이 있네요."

"어머나."

첫 대면인데도 나와 부인은 마치 오랜만에 만난 옛 친구인 양 자연스럽게 서로 마주하고 웃었다. 가즈네의 얼굴이 살짝 떠올랐지만, 이 정도로는 바람이 아니라고 자신에게 타일렀다.

그런데 그건 그렇다 치고.

"저기…… 혹시 우리 어딘가에서 만난 적 없나요?"

"네에?"

그런데 나는 어째서 갑자기 그런 말을 해버린 걸까.

부인은 내 얼굴을 지그시 들여다보았다.

"실례하지만 성함이 어떻게 되시나요?"

"다카사키 고요미라고 합니다."

"……죄송해요, 아무래도 잘 모르겠네요."

그 후 만약을 위해서 나도 상대의 이름을 들었지만, 역시 내 기억에도 없는 이름이었다. 그럼 단순한 착각이거나. 아니면 ─.

"어쩌면 평행세계에서 만난 적이 있을지도 모르겠네요."

"어머나, 그럴 가능성도 있겠네요."

"혹은 서로 이런 나이다 보니 잊어버렸을지도 모르겠네요."

"어머나. 훗훗훗."

그리고 다시 서로 웃었다. 어째서인지 무척이나 행복한 시간이었다.

문득 나는 상대도 그런지 알고 싶어졌다.

이 품위 있는 부인은 지금 행복할까?

"부인은 지금…… 행복하신가요?"

갑작스런 질문에 부인은 싫은 내색도 전혀 하지 않고.

"네에, 행복해요."

온 얼굴 가득히 환한 미소를 지어주었다.

"그거 다행이군요."

그거 다행이다. 정말로.

진심으로 나는 그렇게 생각했다.

"……저기, 시간은 괜찮으세요?"

"네?"

"어딘가에 가시던 중인 건 아닌가 해서요."

"아아…… 아뇨, 호호호. 그런 건 아니에요. 오늘은 그냥 왠지 이 부근에 오고 싶어져서 산책 중이었어요."

"어, 그러셨군요."

"네에……. 그치만 우연히 당신을 만나 이야기를 나눌 수 있어서 만족스럽네요. 슬슬 돌아갈까 싶어요."

"아아, 가던 길을 방해해서 이거 죄송하게 됐습니다."

"아뇨, 즐거운 시간이었어요. 그쪽은요?"

"저는…… 저는 사람을 기다리고 있어요."

"그렇군요. 그럼 실례할게요."

"정말 감사했습니다."

나에게 행복한 기분이 들게 해준 행복한 부인은 그리하여 교차로를 건너갔다.

시계를 보았다.

11시.

어째서인지 나는 생각했다.

기다리는 사람은 이제 더 이상 오지 않을 것이다.

아니, 기다리는 사람은 이곳에 없다.

내가 기다리는 사람이, 내가 만나고 싶어 하는 사람이 있는 곳은 이 교차로가 아니다.

"……돌아갈까."

우리 집으로 돌아가자.

손녀가 있고 며느리가 있고 아들이 있고.

그리고 가즈네가 있는 집으로.

아무도 없는 이 교차로에서 사랑하는 사람이 있는 세계로.

○

"다녀왔어."

"어머나, 다녀왔어?"

정원에서 화단에 물을 주고 있던 가즈네가 부드럽게 웃는 얼굴로 나를 맞이해주었다.

"몸 상태는 어때?"

"응, 그럭저럭 괜찮아."

조금 위험했지만 그런 이야기는 하지 않기로 했다.

"그런데 수수께끼는 풀렸어?"

"아…… 아니, 아무도 안 왔어. 그런데 그건 뭐였으려나."

결국 그 약속이 대체 뭐였는지는 모르는 상태였다. 하지만 지금은 이상하게도 그 사실을 신경 쓰지 않고 있었다.

"당신, 뭔가 좋은 일이라도 있었어?"

놀랐다. 아무 말도 하지 않았고 평소와 다름없다고 생각했지만, 가즈네는 다 꿰뚫어본 모양이었다.

"기다리던 사람은 안 왔지만, 대신 멋진 만남이 있었거든."

"어머나. 어떤 만남인데?"

그 이야기를 하려고 하자 자연스레 입가가 누그러들었다.

"교차로에서 행복한 부인을 만났지."

"부인?"

가즈네의 얼굴이 조금 무서워졌다.

"이 사람아, 이 나이가 돼서 바람을 피울 리는 없잖아. 그런 건 아니야."

"농담이야. 옛날에 알던 사람이야?"

"아니, 전혀 모르는 사람이었어."

"흐응? 그런데 뭐가 멋지다는 거야?"

"응. 그 만남이 뭐가 멋진지 그걸 당신이 꼭 들어줬으면 좋겠어."

"듣고 있어. 말해봐."

가즈네는 나한테서 고개를 돌리고 화단에 계속해서 물을 줬다. 나는 그 뒷모습에 대고 말을 걸었다.

"그 부인은 말이지, 자신이 지금 행복하다고 말했어. 나는 그게 무척이나 기뻤고."

"그런데 전혀 모르는 사람이잖아?"

"그래서야, 가즈네."

"응?"

손길을 멈추고 가즈네가 내 쪽을 돌아보았다.

어리둥절한 그 얼굴이 주름투성이가 된 지금도 이렇게 나 사랑스러웠다.

"전혀 모르는 사람이 행복하다는 사실이 나는 이렇게나 기뻐."

진심으로 그렇게 생각했다.

"어때 가즈네, 이렇게 멋진 일은 없지 않을까? 내가, 모르는 사람의 행복을 기뻐할 수 있는 사람이라는 게 무척이나 행복해."

어느새 가즈네는 물을 뿌리고 있던 물뿌리개를 내려놓고 내 곁에 서 있었다. 그 마른 나무 같은 손을 내 손에 포개고 자상한 얼굴로 내 이야기를 들어주고 있었다.

"내가 이런 사람이 된 건 내 주위에 모두가 있어줬기 때문이야. 아버지, 어머니, 할아버지, 할머니, 료, 에리, 아이…… 그리고."

나는 가즈네의 손을 되잡고 그 눈을 바라보았다.

"그리고 당신이야, 가즈네. 내가 사랑한 모든 당신에게 이 기쁨을 전하고 싶어. 당신이 있어줘서 나는 지금 이렇게 행복해."

"……그래."

그때 지은 가즈네의 미소만큼 상냥한 것을 나는 이제껏 보지 못했다.

"아, 할아버지! 다녀왔어?!"

집 안에서 아이의 씩씩한 목소리가 들렸다. 정말이지 목소리가 우렁찬 아이다.

"훗훗…… 들어가 볼까?"

"응. 그래."

나는 가즈네의 손에 이끌려 사랑하는 우리 집으로 돌아갔다.

행복의 상징 같은 그 세계 속으로.

○

그리고 내가 이 기쁨을 전하고 싶은 또 다른 한 사람에게.

내가 주사위의 1의 눈이라고 했을 때 6을 비롯해서 10이거나 100이거나 1000이거나 10000이거나 한 어딘가의 먼 평행세계의 모든 나에게.

가즈네가 아닌 누군가를 사랑한 한 사람 한 사람의 나에게.

네가 가즈네가 아닌 다른 누군가를 사랑해주었기 때문에 나는 가즈네를 사랑할 수가 있었다.

감사한다. 진심으로 감사를 전하고 싶다. 나는 지금 무척이나 행복하다.

그리고 내가 아닌 나를 사랑해준, 가즈네가 아닌 누군가에게 감사와 더불어 축복을 빌어주고 싶다.

아무쪼록 너와 너를 사랑하는 사람이 세상 어딘가에서 행복하기를 바란다.

내가 사랑했던 모든 너에게

초판 1쇄 인쇄 2022년 10월 7일
초판 1쇄 발행 2022년 10월 17일

지은이   오토노 요모지
옮긴이   김현화

편집인   이기웅
책임편집   김새미나
편집   안희주, 주소림, 양수인, 김혜영, 한의진, 오윤나, 이현지
디자인   vamos
책임마케팅 정재훈, 김서연, 김예진, 박시온, 김지원,
            류지현, 김찬빈, 김소희, 배성원
마케팅   유인철, 이주하
경영지원   김희애, 박혜정, 박하은, 최성민
제작   제이오

펴낸이   유귀선
펴낸곳   ㈜바이포엠 스튜디오
출판등록   제2020-000145호(2020년 6월 10일)
주소   서울시 강남구 테헤란로 332, 에이치제이타워 20층
이메일   odr@studioodr.com

ISBN 979-11-92579-15-3 (04830)
       979-11-92579-14-6 (set)

모모는 ㈜바이포엠 스튜디오의 출판브랜드입니다.